# CRASH ENFLAMMÉ

## AU CŒUR DES FLAMMES

### J.H. CROIX

Ce livre est fictionnel. Tous noms, personnages, entreprises, lieux, évènements et incidents sont un produit de l'imagination de l'auteur ou utilisés dans un cadre fictif. Toute ressemblance à des personnes réelles, vivantes ou mortes, ou à des évènements réels est fortuite.



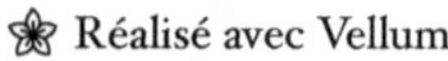 Réalisé avec Vellum

# Chapitre Un

# RACHEL

— Henry !

Mon chien, le fameux Henry, venait de partir en courant devant moi. J'accélérai ma course et me mis à sprinter, m'éclaboussant le visage de boue alors que mon pied atterrissait dans une flaque.

— Bon sang, Henry, marmonnai-je pour moi-même.

Devant moi sur le chemin, il se retourna pour me regarder, couvert de boue avec sa longue queue qui s'agitait dans tous les sens. Je ne pouvais pas m'empê-cher de rire. J'adorais mon chien, mais il était complè-tement fou. Un poil noir et sable, plein d'énergie et avide d'aventure.

On est au milieu d'un de nos joggings réguliers. Maintenant que le printemps avait officiellement commencé, ou plutôt, maintenant que la saison des boues avait commencé, comme on l'appelle en Alaska, il faisait assez chaud pour passer plus de temps dehors. Pendant un instant, je crus qu'Henry avait fini de s'amuser, mais il détourna le regard et se remit à courir, semblant penser que c'était un jeu.

— Henry !

À ce rythme-là, il arriverait sans doute jusqu'à la voiture avant que je ne le rattrape.

*Ce n'était pas grave. J'avais besoin de faire du sport dans tous les cas. Mon cul était bien assez gros comme ça.*

En prenant un virage sur le chemin, je lâchai un cri quand je manquai de rentrer dans quelqu'un de plein fouet. Mes pieds glissèrent dans la boue, et je tombai au sol de façon parfaitement disgracieuse.

— Aïe ! lançai-je alors que mon genou s'écrasait sur une pierre quelque part dans la boue.

En me redressant un peu sur mes mains, je jetai un œil à mes jambes et mon T-shirt, complètement salis. J'étais tombée au bord d'une flaque, et j'étais mainte-nant couverte de boue. Quand je levai les yeux, mon regard se planta sur Remy Martin.

— Oh merde.

Bien, j'avais dit ça à voix haute.

Voyez-vous, Remy était ultra-sexy. À l'instant, il portait un short de sport qui épousait ses jambes, qui n'étaient que des paquets de muscles. Cet homme n'était rien d'autre qu'un paquet de muscles.

Mes yeux tracèrent ses jambes et se posèrent sur son torse sculpté. Son T-shirt gris était humide de sueur et offrait au monde un dessin parfait de chacun des muscles de ce torse sexy, du moins c'était comme ça que mes yeux voyaient la chose. Quand mon regard remonta jusqu'à son visage, ses yeux vert mousse trou-vèrent les miens, et ses cheveux blond foncé étaient ébouriffés. Même si sa peau était recouverte d'une légère couche de sueur, il n'avait pas l'air à bout de souffle.

— Oh merde ? demanda-t-il après m'avoir fixé du regard un instant. *Tu m'en veux d'exister ?*

Son petit accent du Sud s'empara de moi. La voix

de Remy était comme un whisky au miel : riche, avec une pointe sucrée et bien trop sexy. Le simple fait de l'entendre parler me remplit de chaleur.

*Merde*. Cette fois-ci, je gardai mes gros mots pour moi. J'étais assise là, couverte de boue, alors que l'homme le plus canon de la ville me regardait. Je sentis mes joues rougir et j'étais soulagée que la boue sur mon visage obscurcisse ma réaction.

— Je suis en colère contre la flaque, pas contre toi, répondis-je, ce qui était un demi-mensonge.

J'étais en colère contre cette flaque, mais j'étais également mortifiée par l'idée qu'il me voie dans cet état.

Après un hochement de tête, je commençai à me lever. Je réussis à être à moitié debout quand mes pieds me lâchèrent à nouveau. Ce n'était vraiment pas mon jour.

Remy me tendit la main et je me mordis la lèvre en soupirant. Je tendis le bras et sa prise forte s'enroula autour de ma main tandis qu'il me soulevait sans effort. Une fois que je fus debout, il recula, s'assurant que j'étais complètement sortie de la flaque et sur un terrain stable avant de me lâcher.

Il me parcourut des yeux.

— Tout va bien ?

Gênée, rougissante et embêtée comme tout que mon corps réagisse aussi clairement à la présence de Remy, je réussis à acquiescer.

— Ça va. Je suis juste un peu sale. Merci de m'avoir aidée, dis-je avec un sourire malin, désignant la boue sur mes jambes.

La bouche de Remy s'étira en un sourire en coin. Bon sang, ses sourires devraient être illégaux. Mon estomac se serra et une chaleur traversa mon corps.

— Quand tu veux, ma belle, répondit-il, son sourire

s'étirant jusqu'à l'autre côté de sa bouche. Je suppose que c'est ton chien qui vient de passer en courant ?

Il arqua un sourcil.

J'avais complètement oublié Henry. Voilà à quel point Remy me secouait.

— Oui, oh, bon Dieu, il faut que j'aille le rattraper.

Alors que je commençais à me détourner, Remy posa une main sur mon coude. Avant que je puisse dire quoi que ce soit, il parla.

— Attends.

C'était un mot grave, et un peu autoritaire. Mais tout chez Remy me paraissait puissant et autoritaire. Oh, et ai-je dit à quel point il est terriblement sexy ?

Cet homme dégoulinait de phéromones avec son accent du Sud, son corps sculpté et son regard brûlant et dangereux. En plus de tout ça, la nature avait vraiment été généreuse avec lui, il avait des traits fins, des pommettes hautes et des lèvres pulpeuses. Cet homme aurait pu être mannequin. Mais il semblait ne pas se rendre compte de l'effet qu'il faisait aux femmes. Il était toujours poli et respectueux.

J'avais deux envies contradictoires dès que je voyais Remy. J'avais envie de me jeter à ses pieds, et j'avais envie de me blottir dans ses bras pour qu'il me tienne et m'enveloppe de sa force. Remy était ce genre de gars, le genre de gars qui vous sauverait s'il fallait vous sauver.

Avant que j'aie le temps de lui demander pourquoi il fallait que j'attende, Henry réapparut, fonçant vers nous et s'arrêtant juste devant Remy. En regardant mon chien, je ne pus m'empêcher de rire.

— C'est quand je ne t'appelle pas que tu reviens, évidemment.

Henry secoua son corps entier, vibrant presque quand Remy lâcha mon coude et s'agenouilla pour le caresser. Remy n'avait pas l'air inquiet du fait qu'Henry était couvert de boue et lui léchait le visage. Même mon chien aimait Remy.

Quand Remy se redressa, Henry fit le tour de mes jambes et je tendis la main pour le caresser. Il pouvait continuer à me couvrir de boue, ça ne changerait pas grand-chose. Je regardai Remy à nouveau.

— Merci de m'avoir aidée.

Remy sourit, ses magnifiques yeux verts se plissant dans les coins.

— Quand tu veux, ma belle.

Il resta silencieux un instant, le regard réfléchi.

— Tu es sûre que ça va ?

— Ça va. J'ai juste besoin d'une bonne douche.

En me penchant, j'attachai la laisse d'Henry à son collier. Habituellement, il ne s'enfuyait jamais, mais je préférais le garder près de moi jusqu'à la voiture.

— Merci encore, dis-je en lui faisant un petit signe de main et en commençant à marcher.

Quand je fis un pas, une violente douleur s'empara de mon genou. Un gémissement s'échappa de mes lèvres et je m'arrêtai.

Remy revint à mes côtés en un éclair.

— Je vais te raccompagner.

— Bon sang, je peux marcher Remy. Je me suis cogné le genou en tombant. C'est rien de grave, insistai-je.

Il m'ignora et prit la laisse d'Henry avant de placer son autre main sur le creux de mon coude.

— Je ne peux pas te laisser marcher toute seule. La dernière chose que je veux c'est de te voir glisser et retomber.

J'avais envie de le contredire, mais je sentis que Remy allait marcher avec moi que je me plaigne ou non.

— D'accord, marmonnai-je.

Ma voiture n'était pas loin. Quelques minutes plus tard, on arrivait au parking au bout de la piste. Je laissai Henry monter à l'arrière de ma voiture et il fonça vers sa gamelle de voyage pour boire.

Remy sourit.

— Pas bête, dit-il en désignant les serviettes étalées sur tous les sièges à l'arrière de mon petit SUV.

— Oh, je suis toujours prête à gérer un Henry couvert de boue.

Je fermai l'arrière du SUV une fois qu'Henry était installé, le menton sur ses pattes avant. Je vérifiai que les fenêtres étaient entrouvertes.

Je me tournai vers Remy et le surpris en train de me mater les fesses. Une chaleur s'empara de mes joues, mais ça ne me dérangeait pas. Étant donné que je le reluquais en permanence, j'imaginais que ce n'était que justice qu'il me regarde aussi. Je ne pus retenir mon commentaire cependant.

— Tu regardais mon cul, là ?

# Chapitre Deux

# REMY

Rachel Garrett était une tentation terrible. Un mot qu'elle aurait pu s'être fait tatouer sur le front si on voulait mon avis. Même si l'emplacement le plus approprié pour ce tatouage aurait été sur ses seins gonflés. Le lieu exact où mes yeux semblaient toujours se retrouver.

Avec ses cheveux brun foncé, ses yeux bleus éclatants et ses courbes à n'en plus finir, Rachel était la définition du sexy. Son attitude cassante ne faisait qu'ajouter à son charme. Bref, elle était exactement mon genre de femme. Ce n'était pas la première fois que je l'avais remarquée. Je vivais à Willow Brook depuis presque un an maintenant, après avoir déménagé ici pour prendre un poste de pompier forestier.

Je croisais Rachel de temps en temps, car nous avions des amis en commun. Mais je ne m'étais jamais retrouvé seul avec elle. À l'instant, elle avait de la boue sur le visage, sur les jambes, les bras, son T-shirt et son short. La seule chose à laquelle je pouvais penser était le fait qu'une bataille dans la boue avec Rachel serait sans doute très amusante.

Mais j'étais un gentleman. J'étais aussi réellement inquiet qu'elle se soit blessée quand on s'était presque rentrés dedans et qu'elle était tombée dans la boue.

— Tu regardais mon cul, là ? demanda-t-elle.

La main dans le sac. Oui, je regardais effectivement le cul de Rachel. Je n'allais pas m'en cacher, et laissai même mon regard trainer un peu plus longtemps. Elle avait des fesses rebondies et charnues. Son short mouillé et collé à son corps mettait parfaitement ses courbes en valeur, pour mon plus grand plaisir.

Je n'étais pas un connard misogyne. Je savais que ses courbes n'étaient pas exposées pour mon plaisir, mais mon corps avait une opinion différente. Je me délectais de cette vue, mon regard passant sur l'arrondi luxueux de ses fesses, puis sur ses seins, où ses tétons étaient visibles à travers son T-shirt mouillé et son soutien-gorge.

Quand mes yeux revinrent enfin à son visage, ses joues étaient rouges et ses yeux brillaient.

— Oui, répondis-je.

Malgré la boue sur ses joues, je vis quand même qu'elle rougissait encore un peu plus. L'air autour de nous paraissait chargé tandis que Rachel me fixait du regard. J'étais parfaitement certain que Rachel serait pleine d'entrain si on faisait des galipettes.

Je ne m'étais pas intéressé à une femme depuis bien trop longtemps. Je n'étais pas un moine, mais on aurait pu s'y tromper ces dernières années. Je repoussai ces pensées et ce sujet.

Rachel ouvrit la bouche de surprise puis se reprit rapidement avant de poser une main sur sa hanche et de me lancer un regard méchant. Elle ne pouvait pas savoir que la voir en colère ne faisait que m'exciter encore plus.

— Eh bah, c'est vraiment malpoli, lâcha-t-elle, en

levant une main pour essuyer un peu de boue sur sa joue, une tentative parfaitement ratée de se laver le visage, étant donné que sa main était tout aussi sale.

Un petit rire grave m'échappa et ses yeux explosèrent à nouveau. En se rapprochant, elle agita un doigt devant mon visage.

— Ce n'est pas drôle.

— Ma belle, tu es couverte de boue et tu es magnifique. Mais je n'aurais pas dû rire, donc excuse-moi.

Encore une fois, elle ouvrit la bouche de surprise et la referma.

— Comment va ton genou ? ajoutai-je.

Elle le plia et haussa les épaules.

— Ça va.

Puis elle posa sa paume sur mon torse et me poussa un peu.

Bon sang, la sensation de sa paume contre mon torse était comme un marquage au fer rouge à travers mon T-shirt. Je ne réfléchis même pas, je couvris sa main avec la mienne et me rapprochai. Il n'y avait rien de drôle maintenant.

J'avais envie de l'embrasser. Bon sang, j'avais vraiment envie de l'embrasser. Mais je n'allais pas le faire. Pas maintenant.

— Soyons honnêtes. J'ai envie de toi. Je te laisse réfléchir à ça.

Après ces mots, je lâchai sa main et reculai. Henry, son chien complètement fou, passa son nez par la fenêtre entrouverte à ce moment-là, lâchant un petit aboiement. Rachel regarda Henry puis me regarda à nouveau, le bleu de ses yeux s'assombrissant.

— Il faut que j'y aille, dit-elle soudainement.

— Ça marche, ma belle.

# Chapitre Trois

# REMY

J'éloignai la chaise de la table du bout de ma botte, m'installant dessus et hochant la tête quand Ward Taylor me salua.

— Yo, Remy.

Ward se retourna pour finir sa conversation avec Cade Masters, assis à côté de lui. J'étais venu rejoindre un mix de mes collègues au Wildlands Lodge, où s'était réuni un groupe de pompiers basés à Willow Brook, en Alaska. Le Wildlands était un hôtel de renom pour tous types d'activités d'extérieur, situé sur les eaux prestigieuses du lac Swan. C'était également l'un des bars et restaurants préférés des locaux. Le lac Swan était la pièce maitresse de Willow Brook, un énorme lac avec des vues splendides sur la nature, les montagnes au loin, et entouré d'une série de cabanes de chasse et de pêche.

Une serveuse s'arrêta à côté de moi, me regardant avec un sourire amical.

— Qu'est-ce que je peux te servir, Remy ? demanda-t-elle.

— Juste une bière pression.

— Rien à manger ?

— Je veux bien un burger, lança une voix derrière moi.

En me retournant, je vis Beck Steele s'approcher de la table. Beck me lança un sourire alors qu'il s'installait à côté de moi.

— La même, répondis-je quand la serveuse me regarda à nouveau.

Elle nota tout cela et partit rapidement. Je m'adossai à ma chaise, faisant le tour du bar du regard tandis que Beck disait bonjour à tout le monde à la table. Étant donné que plusieurs des amies de Rachel étaient là, je me demandai si je la verrais ce soir.

Rachel Garrett avait fait l'impossible : elle s'était installée dans ma tête. Je n'avais pas pu m'empêcher de penser à elle depuis que je l'avais vue, et je n'avais pas réussi à penser à qui que ce soit d'autre. Parfois, la vie vous prend tellement au dépourvu et la seule chose qu'il vous reste sont les ruines de ce que vous aviez passé des années à construire, et la seule chose à faire c'est de prendre ses affaires et de déménager.

C'était ce que j'avais fait. J'étais pompier dans l'ouest de la Caroline du Nord, là où j'étais né. Quand ma vie s'était effondrée pour des raisons que je ne pouvais pas contrôler, j'étais parti faire une formation de pompier forestier en Californie. Dès qu'un poste s'était libéré ici à Willow Brook, je l'avais pris.

Il y avait plusieurs choses qui me manquaient de ma Caroline natale, mais je ne voyais pas ma décision de déménager comme une fuite. Il n'y avait plus rien à fuir. Et je m'étais rendu compte qu'un changement de décor ne faisait pas de mal. Mais j'étais venu ici en sachant que personne ne s'emparerait de mon cœur à nouveau.

Rachel avait réussi à traverser mes défenses, créant

un trou dans le mur de briques qui entourait mon cœur. Ces murs s'étaient construits d'eux-mêmes. Quand on perd tout ce qui compte, ça arrive parfois. Ou du moins, c'était ce que je me répétais.

Je me retournai quand quelqu'un prononça mon nom, et me retrouvai nez à nez avec Jesse Franklin qui me regardait en attendant une réponse.

— Ouais ?

— Je me demandais si tu pouvais bosser le weekend de Memorial Day. C'est un weekend chargé ici, et j'ai l'impression que la moitié de la caserne est en vacances.

— Je serai là. Dis-moi simplement quand tu as besoin de moi.

— Super, répondit Jesse avec un sourire et un clin d'œil.

— Tu viens de Caroline du Nord, c'est bien ça ? Tu retournes souvent voir ta famille ? demanda Charlie, la femme de Jesse.

Ils s'étaient mariés récemment, mais ils étaient ensemble depuis plus d'un an. Ou du moins, c'était ce que j'avais compris. Charlie était jolie, avec ses cheveux sombres brillants et ses yeux gris. Elle était aussi très intelligente et était médecin, ce que j'avais découvert tout seul. Le boulot de pompier venait avec ses difficultés, y compris des blessures mineures et majeures. Pendant l'hiver, une poutre s'était écroulée quand j'étais sorti d'une maison, l'un des gros clous avait tranché le côté de ma main et m'avait laissé une cicatrice pas belle à voir. Charlie m'avait recousu aussi proprement que possible.

Je supposais qu'elle essayait d'être polie en me demandant si je voyais ma famille. C'était une question tout à fait normale. Ma poitrine se serra, mais je respirai lentement et secouai la tête.

— Non, pas vraiment. Mes parents sont décédés.

Charlie écarquilla les yeux et je vis dans son regard qu'elle comprenait.

— Je suis désolée, Remy. Je ne savais pas, répondit-elle d'un ton chaleureux et doux.

La douleur vive dans mon cœur se calma. J'avais l'habitude maintenant.

— Tu ne pouvais pas savoir, dis-je.

Il fallait que je me durcisse à chaque fois que je pensais à mes parents. La vie pouvait être vraiment cruelle parfois.

Des vacances sur la côte du Golf. Une tornade dans l'obscurité. Une seule rue et trois maisons. Mes parents et quatre autres personnes. Juste comme ça.

Tout ce qu'il restait de ma famille était moi et ma petite sœur, Shay. Shay était restée plus près de chez nous, et elle me manquait. La seule raison pour laquelle je ne m'inquiétais pas pour elle était le fait que la seule vraie menace dans sa vie était enfin en prison. Je secouai mes pensées en sentant les yeux de Charlie s'attarder sur moi, l'inquiétude grandissant.

Autour de nous, les conversations continuèrent, avec des blagues et des rires venant des tables de billard non loin, le bruit des verres qui trinquaient et la vie qui continuait simplement. Pendant ce temps, j'avais l'impression qu'il y avait des trous béants dans mon cœur que je ne pourrais jamais réparer.

Charlie posa sa main sur mon bras, un toucher frais et doux.

— Je sais ce que ça fait de perdre quelqu'un que tu aimes. Mon père et ma sœur sont morts. Je sais. Le temps aide un peu.

Je pris une inspiration, soutenant son regard.

— Le temps aide, oui. Merci, réussis-je à dire malgré ma gorge serrée.

Quelqu'un d'autre prononça mon nom, me tirant de la bulle dans laquelle j'étais tombé avec Charlie. Sa gentillesse accentuait presque ma douleur. Elle me serra le bras puis sa main s'enroula autour de son verre de vin avant d'en prendre une gorgée, en détournant le regard. Je sentais qu'elle savait que j'avais besoin de passer à autre chose en termes de discussion, et j'avais envie de l'en remercier.

Je suivis la voix qui appelait mon nom, mes yeux se posant sur Beck. Il avait toujours une blague à raconter et était un partenaire sur qui l'on pouvait compter en mission.

— Oui ? répondis-je, ignorant la douleur dans mon cœur.

— Oh, je demandais juste si tu avais parié sur le Brise-Glace ? expliqua Beck.

— Qu'est-ce que c'est que ça ? contrai-je, soulagé de me raccrocher à une autre conversation.

Le sourire de Beck s'élargit alors que Levi Phillips se penchait en avant à côté de lui. Levi était tout aussi boute-en-train que Beck, et ils avaient tendance à alterner.

— Chaque année, on parie sur le moment où le gel de la rivière va craquer, expliqua Levi.

— Vous pariez sur la fonte des glaces ? Sérieusement les gars ?

Avant la fin de la soirée, ils réussirent à me convaincre de parier cinquante balles sur chose la plus bête que j'aie jamais entendue.

Un peu plus tard, je sortais du bar, m'arrêtant au milieu du parking du Wildlands. Le début du printemps laissait une morsure de fraicheur dans l'air, mais le vent transportait une odeur de terre. C'était l'odeur de la boue et des feuilles, et rien d'autre que la promesse que la verdure revenait. Je pris plusieurs grandes inspirations, mon esprit revenant aux printemps que j'avais passés dans les montagnes de Caroline du Nord quand j'étais petit.

Le printemps n'y était pas aussi puissant qu'ici, mais il y avait la même impression que l'air accélérait et une odeur de fonte similaire lorsque le gel reculait petit à petit, et c'était un souvenir vif pour moi.

Merde. J'écartais ce souvenir de mes pensées. C'était trop entremêlé à la mort de mes parents. Ils me manquaient, plus que tout. Shay me manquait aussi. Mais c'était elle qui m'avait convaincu de devenir pompier et elle qui m'avait encouragé à prendre ce poste. Elle avait un cœur énorme, et elle était très ouverte malgré tout ce que la vie nous avait imposé.

Elle avait plus de douleur à gérer que moi, plus de raisons de ne pas faire confiance à la vie, au monde, et aux aléas du destin. Mais elle y croyait encore. Elle était la définition même de l'espoir. Elle m'avait appelé ce matin même et avait laissé un message rigolo sur mon répondeur.

Je me dirigeai vers mon pickup et montai dedans. Après avoir démarré le moteur et m'être engagé sur la rue principale du centre-ville de Willow Brook, j'appuyai sur le bouton haut-parleur sur l'écran de ma voiture et trouvai le numéro de Shay. Il était tard chez elle, mais elle répondrait. Elle répondait toujours.

Shay décrocha à la seconde sonnerie.

— Salut grand frère, dit-elle avec un rire.

— Salut, comment ça va ?

Une joie enveloppa mon cœur. Il y avait peu de moments de joie dans ma vie ces dernières années. Ma sœur en faisait partie.

— Ça va.

— Tu es bien installée ? demandai-je.

— Bien sûr. Ce n'est pas comme si je vivais seule,

Remy. Je suis arrivée à la ferme hier. Ash est en déplacement pendant un mois, mais Jackson est là. Tu sais très bien qu'il ne laissera rien m'arriver.

Mon cœur se serra difficilement.

— Je sais.

Shay avait traversé un enfer et, l'année dernière, son connard d'ex avait enfin atterri en prison pour ce qu'il lui avait fait. Par miracle, elle était encore pleine de joie. Après s'en être tirée, sa bonne humeur avait repris le dessus.

J'avais durement insisté pour qu'elle emménage avec un vieil ami à moi pas loin de chez nous et sa petite sœur, qui était une bonne amie de Shay. Je ne voulais pas qu'elle vive seule. Ça m'inquiétait trop.

— Je ne sais pas pourquoi tu t'inquiètes autant. Jackson me donne autant d'ordres que toi. Tu n'as plus besoin de t'en faire pour moi, Remy, je te jure.

— Et tu n'as pas besoin de me dire de ne pas m'inquiéter.

Le rire par lequel Shay répondit était grave.

— Très bien. Dis-moi comment tu vas. C'est enfin le printemps ?

— Eh bien, depuis notre conversation d'hier, il y a un peu moins de neige au sol et plus de boue.

Elle rit à nouveau.

— Oui, bon, mais tu as dit que tout fondait plus vite une fois que c'était lancé.

— C'est vrai, petite sœur.

— Attends une seconde, dit-elle.

Sa voix se brouilla alors qu'elle disait quelque chose à quelqu'un au loin. Je regardai devant moi en négociant un virage et j'aperçus une voiture sur le bas-côté. La voix de Shay revint vers moi.

— Désolée.

— Pas de soucis. Il faut que j'y aille. Il y a une

voiture arrêtée sur le bas-côté. Je vais jeter un œil et m'assurer que tout aille bien.

— Évidemment. Parce que tu prends soin de tout le monde, Remy. Je t'aime.

— Je t'aime aussi. On se parle bientôt.

Après avoir raccroché, je ralentis et me garai derrière la voiture dont les feux de détresse perçaient l'obscurité. J'allumais mes propres feux de détresse avant de descendre. Je m'approchai du côté conducteur, toquant à la porte, me disant que ce SUV me disait quelque chose.

Quand la fenêtre s'abaissa, je me retrouvai à plonger dans les yeux bleus de Rachel, alors que les quelques lumières allumées faisaient briller ses cheveux bruns. Au moment où mon regard croisa le sien, un éclair me traversa. C'était l'effet que cette femme me faisait.

# Chapitre Quatre

# REMY

— Remy ?

— C'est moi, ma belle. Un problème avec ta voiture ?

Rachel détourna le regard puis colla sa tête contre le siège, avant de me jeter un regard en coin.

— Je crois que j'ai un pneu crevé. Je viens de m'arrêter. J'étais sur le point d'appeler quelqu'un.

— Tu « crois » que tu as un pneu crevé ?

— Mon pneu avant faisait un bruit mou. Crois-moi, j'avais envie de continuer à conduire, mais ça ne me paraissait pas être la meilleure des idées.

— Laisse-moi jeter un œil, lançai-je par-dessus mon épaule en faisant le tour de sa voiture.

En effet, avec l'éclat léger et clignotant de ses feux de détresse, je pus constater que son pneu avant était à plat.

Je n'avais pas réalisé que Rachel était sortie de la voiture pour me suivre avant de m'être redressé et de m'être retourné, lui rentrant en plein dedans. Il faisait sombre et froid. Même si nous étions techniquement au printemps, la plupart des gens verraient ça comme l'hiver, en regardant la météo plutôt que la date. Quand je me heurtai au corps doux de Rachel, je me rendis immédiatement compte que ses seins rebondis étaient pressés contre ma poitrine. Pendant un instant, je sentis même ses tétons tendus à travers le tissu de son T-shirt.

Bon sang. Cette femme. Avoir envie de l'embrasser était la dernière chose à laquelle j'aurais dû penser à ce moment-là, mais mes yeux se posèrent immédiatement sur ses lèvres charnues. Je ne pouvais penser à rien d'autre qu'à ce que ça ferait de les prendre avec les miennes.

Elle recula rapidement.

— Désolée, dit-elle, d'une voix rauque.

L'autre nuit, pendant que je pensais à Rachel – car Rachel était enfouie profondément dans mon esprit – je m'étais dit que sa voix était très sexuelle, toujours sifflante et un peu graveleuse.

— Pas besoin de t'excuser. Je disais juste que tu avais raison. Ton pneu est certainement crevé. Je vais le changer pour toi.

— Oh. Vraiment ?

J'arrachai mes yeux à ses douces lèvres et acquiesçai.

— Bien sûr, ma belle. Tu as un pneu de rechange ?

— Hm, hm.

Elle se retourna rapidement, se dirigeant vers le coffre de sa voiture. C'était un véhicule compact, l'un de ces SUV où le pneu de rechange est accroché à l'arrière.

Je la suivis, attendant qu'elle ouvre la boite protectrice qui abritait le pneu.

— Je devrais sans doute savoir changer un pneu. Mais je ne sais pas le faire, dit-elle en me regardant avec un sourire timide, accroché aux coins de sa bouche.

— Pas de problème. J'ai changé pas mal de roues, ma belle.

Rachel me regarda quelques instants. J'aurais pu jurer que ses joues avaient rougi, même s'il faisait sombre et que la lumière des feux de détresse était à peine visible. Je me rappelai que j'étais là pour l'aider à changer son fichu pneu. Pas pour l'embrasser comme un fou, même si je mourais d'envie de la goûter.

— J'en suis certaine. Je n'aime pas être ce genre de fille, mais je vais te laisser faire. Je ne saurais même pas par où commencer pour sortir le pneu de là, dit-elle en désignant la boite.

Je sortis mon téléphone de ma poche, cliquant sur la lampe torche et lui tendant.

— Tiens ça. S'il te plait, ajoutai-je.

— Bien sûr.

Elle m'éclaira, me permettant de trouver quelques outils, exactement là où ils étaient censés être, dans un petit sac imperméable, à l'intérieur de la boite du pneu. Je me mis au travail, desserrant la roue de là où elle était accrochée, attrapant le cric et me dirigeant vers l'avant de la voiture.

Je réglai le problème rapidement. La seule chose qui me ralentit était le fait que Rachel voulait que je lui explique tout ce que je faisais. J'étais là, à genoux au sol, tandis qu'elle regardait par-dessus mon épaule. Non pas que cette proximité me dérangeait, au contraire. Le problème était simplement qu'elle me faisait bander comme un fou et que j'essayais de changer un pneu, bon Dieu.

— Donc c'est quoi, ça ? demanda-t-elle pour la vingtième fois.

— Ça ? répondis-je en soulevant la clé en croix.

— Ouais. Toutes les voitures ont ça ?

— Oh oui, ma belle. Toutes les voitures de base ont un pneu de rechange avec un cric et ça pour desserrer les boulons.

Je resserrai rapidement les boulons sur sa roue de secours. J'avais vérifié que la pression était bonne avant d'échanger les roues. J'avais été légèrement déçu de ne pas pouvoir lui dire qu'il y avait un problème. Je n'avais donc aucune excuse pour lui proposer de la déposer chez elle.

— Waouh. On en apprend tous les jours. Maintenant, je sais changer un pneu, dit-elle quand je retirai le cric.

— C'est pratique à savoir, surenchéris-je alors que je me relevais, remettant mon jean en place en même temps.

Ma queue était écrasée contre ma braguette, se fichant bien que ce ne soit vraiment pas le moment idéal pour fantasmer sur Rachel.

J'ajustai mon jean, m'essuyant les mains dessus, quand sa tête se heurta à mon épaule. Levant les yeux, je la trouvai à quelques centimètres de moi. Rachel était musclée et en chair, le genre de femme que je pouvais facilement m'imaginer lever dans les airs, pour la laisser enrouler ses jambes autour de ma taille alors que je m'enfonçais en elle.

Le temps s'arrêta. Enfin, ce n'était pas exactement le mot qu'il fallait utiliser pour décrire ce que le temps décida de faire. Car en réalité, c'était le monde autour de nous qui s'arrêta durant un long instant avant d'être parcouru d'un éclair. Elle me regarda, les lèvres écartées, et caressa sa lèvre inférieure avec sa langue.

Je perdis la raison et bientôt toute pensée. Le désir prit le dessus. Avant que je ne puisse m'arrêter, je m'étais redressé un peu plus, levant la main pour écarter une mèche de cheveux qui lui tombait dans les yeux.

Ma main bougeait d'elle-même, rangeant la mèche de cheveux derrière ses oreilles, sentant une chair de poule naitre au passage de mes doigts contre la peau douce de son cou. Puis je penchai la tête. Parce qu'il fallait que je l'embrasse.

Au moment où mes lèvres trouvèrent les siennes, l'air vibra entre nous, un besoin fou traversant mes veines. Ses lèvres étaient douces et chaudes, un contraste avec l'air frais qui nous entourait. Je caressai ses lèvres des miennes une fois, puis deux, puis encore. Me reculant d'un pas minuscule, je demandai :

— Ma belle, est-ce que tu veux de ce baiser ?

Je sentis le petit sursaut de son souffle. J'ignorai l'envie qui me fouettait et attendis. Je savais ce que je voulais, mais il fallait que je sache qu'elle voulait la même chose.

— Oui, souffla-t-elle, ce simple mot lançant un autre éclair de luxure en moi.

Cette fois, quand nos lèvres se trouvèrent, un feu nous engloba, nous dévorant de ses flammes. Une autre caresse de mes lèvres contre les siennes avant de plonger dans la douceur chaude de sa bouche et de l'entendre gémir dans la mienne.

Passant ma main le long de ses cheveux soyeux, je me tournai, l'enfermant dans mes bras et l'appuyant contre la voiture. Elle embrassait comme dans un rêve, douce et délicate. Elle avait le goût du miel et l'odeur du sucre. Sa langue percuta la mienne et sa main remonta le long de mon dos alors qu'elle se cambrait contre moi. Son corps était doux, charnu et généreux.

Je perdis la tête en embrassant Rachel sur le bord de la route, en pleine nuit.

Elle se jeta dans ce baiser aussi profondément que

moi. C'était excitant et rapide, lent et sensuel, puis profond, fou et humide. C'était tout cela et bien plus.

Ma main glissa sur le côté de son corps, dans le creux de sa taille et sur la courbe de ses hanches, puis fit le tour pour attraper son joli cul. Je lâchai un grognement quand elle se cambra contre moi et que j'enfonçai mon excitation dans le creux de ses hanches.

Soudainement, des phares nous éclairèrent alors qu'une voiture prenait le virage. J'avais oublié tout ce qui nous entourait, tout sauf elle.

Je ralentis notre baiser, sans briser notre connexion tout de suite, mais sachant que j'allais devoir le faire bientôt. À contrecœur, je reculai doucement. Je jetai ma tête en arrière pour regarder les étoiles au-dessus de nos têtes avant de la regarder.

— Ma belle, tu es aussi délicieuse que du miel.

Rachel rit doucement. Même si je ne pouvais pas le voir, je savais que ses joues étaient ravissantes et roses.

— Et toi, tu embrasses comme un beau diable, contra-t-elle.

— Je te suis jusque chez toi, dis-je alors que je reculais d'un pas.

La voiture qui arrivait pouvait certainement nous voir maintenant. Même si, en soi, ça ne me posait aucun problème que qui que ce soit me voie embrasser Rachel sur le bord de la route en pleine nuit, à la soulever presque. Mais j'avais un certain respect, et je n'étais pas particulièrement certain qu'elle ait envie d'être vue dans cette position. Je ne vivais peut-être pas à Willow Brook depuis bien longtemps, mais je savais très bien que, dans ce genre de petites villes, il était probable que le conducteur connaisse au moins l'un de nous deux, si ce n'est les deux.

— Jusque chez moi ? Tu n'as pas besoin de faire ça.

Comme pour prouver ce que je venais de me dire,

le véhicule ralentit là où nous étions garés et les fenêtres s'abaissèrent.

— Je me suis dit que c'était ta voiture, Remy. Oh, salut Rachel, commenta Beck en la regardant. Tout va bien ?

Rachel et moi étions maintenant à deux bons mètres de distance. Mon corps haïssait cette distance, mais je l'ignorai.

— J'avais un pneu crevé, et Remy a changé ma roue, répondit Rachel. Maintenant, il dit qu'il va me suivre jusque chez moi. Tu ne penses pas que c'est un peu bête ?

Beck sourit, ses dents contrastant l'obscurité.

— Non. Les roues de secours ne sont pas toujours très fiables. C'est un miracle que ta roue de secours ne soit pas elle-même crevée. Je n'ai même pas besoin de demander à Remy s'il a vérifié avant de la changer.

Le regard de Rachel se posa sur moi.

— Évidemment que j'ai vérifié.

— Voilà. Bon, faut que je rentre. Maisie m'attend. J'ai un bébé à coucher. Elle s'est occupée d'elle toute la soirée, expliqua-t-il.

— Bonne nuit mec, lançai-je alors qu'il nous saluait et partait.

Rachel avait l'air de vouloir dire quelque chose de plus, mais elle ne dit rien. Elle se retourna pour aller vers sa voiture.

— Ma belle, qu'est-ce qu'il y a ?

Elle se retourna.

— Quoi ?

— Je crois que tu étais sur le point de dire quelque chose.

Rachel plissa les yeux puis rejeta la tête en arrière en riant.

— Peut-être, mais tu viens de t'assurer que je ne le

dirai pas maintenant.

Avec ce commentaire, elle se retourna à nouveau et je profitai de la vue de ses hanches qui se balançaient et de son joli cul avant qu'elle ne fasse le tour de la voiture.

Je la suivis jusque chez elle dans l'obscurité. Ce n'était qu'à quelques minutes de là, mais Rachel occupa mon esprit pendant chaque seconde de ces minutes.

Trois longues années s'étaient écoulées depuis que la mort de mes parents avait déchiré ma vie et m'avait brisé le cœur. Je ne riais pas souvent ces temps-ci, pas comme je riais avec Rachel. Ce n'était pas que je n'avais pas d'humour. Bon sang, j'étais vraiment détendu quand il s'agissait de simplement trainer avec des amis. On ne perd pas les vieilles habitudes, tout ça.

Mais les quelques interactions que j'avais eues avec Rachel m'avaient rappelé ce qu'était la joie. Elle en injectait des petits éclats dans ma vie et rappelait à mon cœur qu'il y avait peut-être une raison de continuer à battre. Non pas que j'aie eu envie de mourir. C'était juste que je me sentais usé jusqu'à l'os. D'abord, il y avait eu la mort de mes parents, puis ma sœur s'était presque effondrée sous l'emprise d'un homme dangereux.

Rachel était autre chose, quelque chose de légèrement inquiétant pour ma santé mentale, et de parfaitement délicieux, si bien que je ne pouvais pas garder mes distances. J'avais envie d'elle si profondément, ça m'avait même poussé à l'embrasser comme un idiot sur le bord de la route. Mais elle réveillait des choses profondément enfouies en moi.

Je suivis l'éclat doux de ses feux arrière le long d'une autoroute sombre, me demandant où elle m'emmènerait.

# Chapitre Cinq

# RACHEL

Mes mains tremblaient alors que je m'engageais dans l'allée de ma maison. Remy m'avait laissée dans un état sauvage et instable. Si Beck n'était pas passé par là, je n'avais aucune idée d'où ce baiser aurait pu aller.

Dans ce monde, il y avait les baisers normaux, et les baisers de Remy. Bon sang, cet homme embrassait mieux que n'importe quel autre. La façon dont sa langue s'était emmêlée à la mienne, et dont son corps dur et musclé s'était collé à moi était un mélange de désir fou, brûlant et déchirant, avec une profondeur qui m'appelait, promettait de m'avaler tout entière.

Voyez-vous, Remy avait fait l'impossible. Il m'avait permis d'oublier. Pour de bonnes raisons. Il avait aussi réveillé mon envie. Je n'étais pas du tout certaine que j'aurais eu envie d'arrêter. Il m'avait fait oublier pendant un instant à quel point ma confiance en moi s'était dégradée et à quel point j'avais maintenant peur d'essayer quoi que ce soit quand il s'agissait d'un homme. Avec lui, tout paraissait juste, simple, logique.

J'avais oublié que je m'étais fait une promesse à

moi-même, sur le fait de ne pas me laisser me sentir vulnérable. Plus jamais.

C'était pour ça qu'il était dangereux. Ce qui était encore plus glissant, c'était que j'avais l'impression qu'il me protégerait de n'importe quoi. Il y avait quelque chose dans la force qu'il dégageait, c'était de l'acier enveloppé de velours. En parlant d'acier, je ne parlais pas seulement de sa queue.

Je m'étais garée dans la petite allée circulaire devant ma maison, et j'entendais un petit aboiement d'Henry alors que je sortais de ma voiture. J'adorais rentrer chez moi et trouver mon chien. Personne, même pas moi, ne pouvait arriver chez moi sans qu'Henry l'annonce.

Je pris une inspiration tremblante, en essayant sans succès de forcer mon pouls à ralentir et de calmer les papillons dans mon estomac. Les papillons m'ignorèrent complètement.

Je voulais m'enfuir rapidement, sans même dire bonne nuit. Mais ce ne serait pas poli. Remy avait changé ma roue et s'était assuré que je rentre chez moi sans problème. Je ne le dirais jamais à voix haute, mais ça comptait beaucoup pour moi de savoir que quelqu'un voulait s'assurer que j'aille bien.

Remy descendait déjà de sa voiture avant que je ne puisse établir un plan d'action. Il fallait toujours que je planifie tout quand il s'agissait des hommes. Mais quand il s'agissait de lui, je semblais incapable de réfléchir. Je n'avais jamais été aussi rongée par le désir. Jamais.

Quand je me retournai pour le regarder alors qu'il s'approchait, éclairé par les lumières lointaines de mon porche, mon souffle se coinça dans ma gorge. Tout d'un coup, j'étais plongée dans un vieux souvenir. La peur me traversa, me laissant déconnectée et tremblante en l'espace de quelques secondes.

J'étais vraiment soulagée que Remy soit là. Je cherchais à m'accrocher à quelque chose dans ma tête, pour essayer de me concentrer sur lui. Il était grand et fort, et, étrangement, je ne le trouvais pas du tout intimidant.

Je ne sais pas ce qu'il vit sur mon visage, mais en quelques pas rapides il se trouva juste devant moi, me surplombant, ses beaux yeux verts scannant mon visage.

— Qu'est-ce qu'il y a ? Allez, ma belle. On dirait que tu as vu un fantôme.

*Reprends-toi, Rachel. C'est juste Remy. Tu es en sécurité. Tout va bien...*

Le mot sécurité rebondissait dans ma tête.

Je savais — au plus profond de moi — que j'étais en sécurité avec Remy. Je ne savais pas comment j'en étais si sûre, mais je n'avais tellement aucun doute que je ne cherchais pas plus loin. C'était la chose la plus importante au monde. C'était pour ça qu'il était si dangereux pour ma santé mentale. Je ne pouvais pas m'autoriser à laisser qui que ce soit s'occuper de moi, hormis moi-même.

Mais je n'étais pas capable de rester raisonnable, pas ce soir. La mémoire fonctionne de façon étrange parfois. Des flashs vous reviennent de nulle part, aux moments les plus inattendus. Rappelé à vos pensées par une odeur, un moment de la journée, une couleur, un son. Ou, dans ce cas, un homme qui avançait vers moi. Une fois que cet éclair de peur m'avait touchée, il disparut rapidement. Parce que je me sentais parfaitement en sécurité. C'était tellement déstabilisant que je ne savais pas quoi en penser.

Remy s'approcha d'un pas de plus. Mon pouls s'ac-

célérait et se révoltait contre mon esprit, complètement rebelle et ignorant mes tentatives de
ralentissement. Mon ventre se serra et mon souffle se
coinça dans ma gorge alors que je levais les yeux
vers lui.

J'avais envie qu'il m'embrasse. Mon désir était
déroutant après ce flashback de peur.

— Qu'est-ce qu'il y a, ma belle ?

Le timbre grave de sa voix me chatouillait le cœur
et des frissons chauds skièrent à la surface de ma peau.
Je déglutis et pris une inspiration tremblante, secouée
par plusieurs choses.

— Rien, je vais bien, réussis-je à dire, d'une voix
qui sortit rauque.

J'avais l'impression de perdre l'équilibre, mes
émotions confuses, le passé et tous ses fantômes s'en-
tremêlant dans ce moment, et rien n'avait de sens.

Henry aboya fort et les lèvres de Remy s'étendirent
en un sourire, jetant de nouveaux papillons dans mon
ventre.

— Henry ne laisserait personne te prendre au
dépourvu, hein ?

Il ne pouvait pas savoir que c'était une question
lourde de sens et à quel point il était important pour
moi qu'Henry ne laisse personne me prendre au
dépourvu. Ma gorge se serra d'émotions : un soulagement pour la sécurité que je ressentais d'avoir Remy
ici, et un regret pour les erreurs de mon passé, ces
deux choses se mélangeaient.

— Non, c'est sûr, dis-je en me retournant rapidement, mal à l'aise face à mes émotions.

Alors que je faisais un pas, mon pied se coinça sur
le bord d'une pierre plate qui marquait le chemin vers
ma porte d'entrée. Remy me stabilisa en attrapant ma
main dans la sienne.

Il ne dit rien et j'admirais le confort que je ressentais avec lui. Même si je n'avais jamais passé beaucoup de temps avec lui, nos cercles sociaux se croisaient souvent dans la petite ville qu'était Willow Brook. Je savais qu'il était discret et toujours poli. J'avais entendu plusieurs femmes glousser en admirant son physique et son accent du Sud sexy.

Il serait difficile de ne pas remarquer à quel point Remy était attirant et sexy. Sa virilité était évidente, il suffisait de se tenir près de lui pour la sentir.

Mais maintenant que j'avais eu un avant-goût, maintenant que je m'étais approchée de lui plus que je n'aurais pu imaginer m'approcher à nouveau d'un homme, je découvrais que son physique et sa voix n'étaient pas les seules choses qui étaient tentantes chez lui. Il y avait la façon dont je me sentais avec lui, contenue dans sa force, tenue dans l'étreinte de son côté protecteur.

Oh, et le fait que j'étais plus excitée que jamais auparavant.

Je m'arrêtai devant ma porte une fois montées les quelques marches qui menaient jusqu'au porche de ma maison, mes clés fermement tenues dans mon poing. Dieu soit loué, car j'étais tellement dans les vapes depuis ce baiser fou, je n'aurais sans doute jamais su où trouver mes clés.

En tournant la clé dans la serrure, je lui jetai un nouveau coup d'œil.

— Merci de m'avoir raccompagnée et d'avoir changé ma roue.

— J'ai ton pneu à l'arrière de ma voiture. Je le réparerai demain, répondit-il.

D'une façon ou d'une autre, enfin d'une façon dont j'étais parfaitement consciente – j'étais complètement secouée par ce baiser au bord de la route – je n'avais même pas pensé à demander ce qu'il avait fait de ma roue crevée.

— Tu n'as pas... commençai-je à dire avant de laisser ma phrase en suspens parce qu'il secouait la tête.

— Je m'en occupe, ma belle. Donne-moi ton numéro pour que je puisse t'appeler quand il sera prêt demain.

Il avait sorti son téléphone et je récitai mon numéro, le regardant l'entrer dans son portable. Je semblais incapable de résister quand ça venait de Remy. Ni les baisers ni le fait qu'il répare mon pneu, rien.

Je sentis mon téléphone vibrer dans ma poche.

— Je t'ai envoyé un texto. Comme ça, tu as mon numéro, dit-il avec un clin d'œil.

Je le fixai simplement du regard, hochant la tête. Il plongea vers moi, caressant doucement mes lèvres avec les siennes. C'était un baiser bref, rien à voir avec ce moment excitant et fou plus tôt. Mais la sensation de ses lèvres déclencha une cascade de chaleur en moi, fonçant vers mon centre. Mes lèvres picotaient encore quand il recula.

— Bonne nuit, Rachel.

Je m'entendis dire bonne nuit, puis c'est le bruit d'Henry qui grattait à la porte qui me sortit de ma stupeur. Après avoir fermé la porte derrière moi, j'écoutai les pas de Remy descendre les marches.

Je m'endormis alors qu'il occupait mes pensées.

# Chapitre Six

# RACHEL

— Hé, j'ai besoin d'un coup de main, dit Charlie en passant la tête par l'ouverture de mon bureau.

Je levai les yeux vers l'une de mes meilleures amies.

— Tout ce que tu veux. Qu'est-ce qu'il t'arrive ?

Je travaillais au cabinet médical de Willow Brook en tant qu'assistante médicale, et Charlie était l'une des médecins de la clinique. Charlie avait des cheveux noirs remontés en queue de cheval avec quelques mèches violettes. La fille de Charlie, Emily, adorait lui teindre les cheveux, et Charlie la laissait faire tout ce qu'elle voulait.

Je cliquai sur le bouton sauvegarder sur le rapport que je venais de terminer dans le dossier d'un patient. En plus de ce boulot, je faisais des remplacements à l'hôpital local. J'avais commencé avant que Charlie ne déménage en ville, je travaillais pour le docteur Johnson, ou doc comme l'appelaient la plupart des gens. Il avait engagé Charlie parce qu'il commençait à se faire vieux et avait besoin d'aide.

— Je viens de recevoir un appel d'urgence à l'hôpital. Ce serait super si tu pouvais aller chercher Em à l'école pour la déposer à la caserne. Elle travaille cet après-midi, et ça va la rendre super triste si elle ne peut pas y aller, expliqua Charlie.

— Bien sûr. Je finis juste ça. À quelle heure est la sonnerie déjà ?

— Quinze heures. Elle t'attendra dehors. Je vais lui envoyer un SMS pour lui dire que tu viendras la chercher. Merci mille fois, dit Charlie. Il faut que je file, d'acc ?

— Pas de soucis, lançai-je alors qu'elle se dépêchait de partir.

Je n'avais que dix minutes pour arriver au lycée à temps, donc je finis quelques petites tâches rapidement et partis. En peu de temps, je me garai devant le lycée de Willow Brook. Emily se tenait devant, exactement là où j'étais censée la trouver. Ce n'était pas la première fois que je faisais taxi de secours pour Charlie. Ça ne me dérangeait jamais. D'ailleurs, j'adorais ça. Em était super. Comme la plupart des adolescents, elle était plus cool avec moi qu'avec sa mère.

Elle me fit un signe de main. Ses cheveux noirs courts avec des pointes roses qui brillaient sous le soleil de l'après-midi. Elle jeta son sac à dos à l'arrière et monta dans la voiture, me jetant un coup d'œil alors qu'elle ajustait ses lunettes.

— Salut ! Alors, tu fais taxi aujourd'hui, hein ?

— Eh oui.

J'attendis pour bouger, car une autre voiture nous avait dépassées pour récupérer d'autres adolescents qui attendaient.

— Très bien. Tu as dix minutes pour me faire un topo sur tout ce qu'il s'est passé depuis la semaine dernière. Comment ça va avec Aaron ? demandai-je en faisant référence à son petit copain.

— Oh, rien de nouveau. J'essaie de décider si je devrais coucher avec lui, répondit Emily, l'air de rien.

J'appuyai violemment sur les freins alors qu'on s'approchait d'un stop.

— Non !

Em éclata de rire.

— Je déconne. Calme-toi. J'ai dit à Charlie que je n'avais pas prévu de coucher avec lui. Elle m'a quand même donné une ordonnance pour une pilule. J'imagine que c'est une bonne chose, non ?

— Ca-rré-ment. Tu te fiches de moi, on est bien d'accord ? contrai-je, inquiète qu'elle soit réellement en train de se demander si elle voulait perdre sa virginité.

— Bien sûr. Charlie est bien moins inquiète que toi, elle était ultra-pragmatique sur la contraception, dit Em avec un haussement d'épaules.

— Parce qu'elle est docteure, et qu'elle sait à quel point c'est facile de tomber enceinte, dis-je ironiquement en m'engageant sur la rue principale du centre de Willow Brook.

Em appelait Charlie par son prénom parce que Charlie était à la fois sa tante et sa mère. La mère d'Em, la sœur de Charlie, était morte d'un cancer quelques années plus tôt. Charlie avait adopté Em à la demande de sa sœur.

— Tu veux dire qu'elle est plus relax à l'idée que tu couches avec ton copain que moi ?

— Bien sûr. Elle est pragmatique. Elle m'a dit qu'elle préfèrerait que je sois honnête avec elle et que je lui en parle, donc elle m'a donné plein de capotes et m'a fait prendre la pilule. Je lui ai dit que je pouvais juste choisir l'un des deux et elle a dit non. Que tomber enceinte n'était pas le seul risque. Même si je suis presque sûre qu'Aaron est vierge aussi, donc je ne pense pas que ce soit pour tout de suite.

J'étais trop occupée à essayer de contenir l'explosion de mon cerveau. Em était une ado adorable, rebelle avec un sacré caractère. Je n'aimais même pas imaginer qu'elle puisse avoir une vie sexuelle active. Je soupirai en silence. Évidemment, je ne pouvais pas me permettre de la juger. J'avais perdu ma virginité au lycée. Mais en regardant Em, je ne pouvais m'empêcher de me dire que je ne voulais pas qu'elle perde la sienne. Même si ce n'était vraiment pas mes affaires. Je décidai qu'il était temps de changer le sujet. Je savais que Charlie avait eu cette conversation avec Em parce qu'elle m'en avait parlé.

— Très bien, quoi d'autre de nouveau avec toi, Aaron et tout le tintouin ?

— Tout va bien avec moi et Aaron. Rien de super fun. J'ai envie d'être super ennuyante. On pique même plus de cigarettes. Je sais pas ce qu'il y a de pire : les cigarettes ou le sexe.

— Les deux, dis-je fermement.

Em leva les yeux au ciel et je m'engageai dans l'allée pour arriver vers le bout du parking de la caserne de Willow Brook. Em avait fini par obtenir un petit boulot ici après que Jesse, le nouveau mari de Charlie qui était également pompier forestier, avait organisé des heures de services à la communauté pour Emily ici. C'était après qu'elle eut été surprise en train de fumer sous les gradins de l'école l'année dernière.

Em adorait son boulot et travaillait ici trois jours par semaine après l'école. Je ne pus contrôler mon pouls quand j'aperçus la voiture de Remy. J'avais souvent déposé Em ici et n'avais jamais pensé à qui était là ou non quand je passais dans le coin.

Remy m'avait écrit aujourd'hui, pour me dire qu'il

avait réparé mon pneu. Avant de partir pour aller chercher Em, je lui avais répondu pour lui dire que j'allais passer à la caserne. Il n'avait pas encore répondu, donc je m'étais demandé s'il était sur place ou non.

Quand je sortis de la voiture en même temps qu'Em, elle me lança un regard plein de questions.

— Oh, j'avais une roue à plat la nuit dernière, et Remy passait par là. Il m'a aidée à la changer. Et je crois qu'il a aussi réparé mon pneu percé aujourd'hui, expliquai-je.

— Oh, chouette. Remy est super, répondit-elle en attrapant son sac à dos et en le balançant par-dessus son épaule.

La simple idée de voir Remy faisait vibrer mon corps. Il s'était installé dans mes pensées. J'avais rejoué ce baiser de la nuit dernière bien trop de fois dans ma tête. Je suivis Em dans la caserne, et elle me fit un signe de main alors qu'elle s'engageait rapidement vers le hall.

— Merci de m'avoir déposée. Je suis du côté police aujourd'hui.

Je lui fis un bisou de loin.

— À demain après-midi.

Ce serait vendredi, un jour où Emily travaillait à la clinique pendant quelques heures pour aider avec l'administratif.

J'étais déjà au milieu du hall, avec l'intention d'aller à l'accueil pour demander à Maisie si Remy était dans le coin. À cette seconde précise, l'homme en question passa la porte, lançant une serviette par-dessus son épaule. Ma bouche s'assécha et une chaleur s'empara de mon bas-ventre puis du reste de mon corps.

Remy n'avait pas de T-shirt et sa peau brillait d'humidité. Je supposais qu'il venait de prendre une douche.

Oh ! Mon ! Dieu !

Cet homme était une œuvre d'art. Son torse et ses abdos étaient musclés et définis. Il portait un jean qui tombait bas sur ses hanches, attirant mon œil vers le V de ses muscles qui disparaissait au niveau de la ceinture.

Doux Jésus. Je mourais d'envie d'en voir plus.

— Salut, ma belle.

L'accent rauque de Remy me sortit de mon exploration avide de son corps.

En forçant mes yeux à remonter vers son visage, je sentis mes joues rougir. Il ne dit pas un mot, mais je savais qu'il savait ce que je regardais. Et je n'avais aucune intention de m'en excuser. Remy savait sans aucun doute qu'il était d'une beauté à tomber par terre. Il vivait à Willow Brook depuis assez longtemps pour que je sache que de nombreuses femmes auraient été heureuses d'utiliser son corps comme terrain de jeu. Je mourais d'envie de tendre le bras et de le toucher.

Alors qu'il se tenait simplement là, torse nu devant moi, et son regard vert soutenant le mien, mon sexe se serra, et je sentis une chaleur humide grandir entre mes cuisses.

En parfait contraste à la beauté surhumaine de Remy, je portais ma tenue de travail habituelle. J'étais plutôt pragmatique et la plupart du temps je portais une blouse. Aujourd'hui, j'avais un pantalon d'infirmière rose flashy et un petit lapin au niveau de l'épaule. Cette blouse était un cadeau d'Em. Elle avait décidé que les choix de sa mère en termes de blouses étaient bien trop ennuyeux, comme les miens, donc elle nous avait offert à toutes les deux une série de blouses colorées et décorées.

Mes cheveux étaient relevés dans une queue de

cheval lâche, et je sortais d'une longue journée de travail. Et j'avais oublié mes lentilles ce matin, donc je réajustais mes lunettes sur mon nez, me sentant un peu mal à l'aise et pas très jolie.

Remy resta silencieux, soutenant mon regard pendant un instant avant que ses yeux ne descendent sur mon corps avant de remonter. Mes tétons se dressèrent et le saluèrent presque.

Quand ses yeux revinrent vers les miens, je me sentis à nouveau jolie. Vraiment jolie. La chaleur contenue dans son regard faisait vibrer mon corps. J'avais complètement oublié pourquoi j'étais là.

— Euh, je déposais simplement Em. Charlie a dû aller à l'hôpital pour une urgence, dis-je enfin.

Remy acquiesça, penchant la tête sur le côté.

— J'ai reçu ton message.

— Oh ! Attends, tu as mon pneu.

*Oh mon Dieu. J'avais l'air complètement stupide.*

Pourquoi, oh pourquoi fallait-il que je montre aussi clairement que j'avais perdu le fil ? Peut-être qu'un jour j'apprendrais à garder mes pensées pour moi-même, mais, clairement, ce n'était pas pour aujourd'hui.

Le sourire lent de Remy faisait des choses folles à mon corps, et j'étais soudainement inquiète à l'idée de fondre à ses pieds.

— Donne-moi une seconde, je vais chercher un T-shirt. Ton pneu est dans le garage.

Je fus obligée de me mordre la langue pour me retenir de lui dire de ne pas mettre de T-shirt. Je commençais même à me dire que ça ne ferait de mal à personne si Remy ne portait jamais de T-shirts. Jamais.

# Chapitre Sept

# RACHEL

J'avais sans doute des traces de dents sur la langue, mais j'avais réussi à ne rien dire. Il se retourna rapidement, passant la porte sur le côté. Je n'avais aucune idée de combien de temps s'était écoulé, mais il revint rapidement, avec un haut qui cachait son torse glorieux et un blouson accroché au bout de ses doigts. Ses cheveux blonds étaient humides, ses yeux verts ressortaient et sa peau était un peu rougie.

*Ne pense pas à Remy nu sous la douche.*

Mon esprit se sentait clairement d'humeur rebelle et fonça dans cette direction, créant un éclair de chaleur de mes veines. Je sentais la puissance de sa présence. Il sentait le frais et le propre, et j'avais envie d'enfouir mon nez dans son torse et de le respirer. J'avais aussi envie de l'embrasser. Follement.

Je restai silencieuse tandis qu'on traversait le hall, et qu'une tornade nerveuse d'émotions s'agitait en moi. Je savais ce dont j'avais envie. De Remy.

Je pensais honnêtement que je ne ressentirais plus jamais de désir. C'était un tel choc que ça me déstabilisait et déchirait mes défenses.

J'avais de nombreuses raisons de garder mes distances de toute relation, et elles étaient toutes bonnes. J'aurais dû me faire un peu la morale à ce moment-là, pour me rappeler pourquoi tout cela était fou. J'essayais, mais il y avait une autre voix, plutôt forte, pleine d'opinions, à qui je ne faisais pas complètement confiance.

*Suis ton instinct. Tu sais que tu te sens en sécurité avec Remy. Il n'est pas comme Bruce. Tu ne peux pas rester seule pour toujours. Enfin, tu peux, mais pas pour ça. C'est déprimant.*

On traversa la zone arrière de la caserne, où il y avait une cuisine et une grande salle commune avec une télévision montée au mur, clairement dédiée aux jeux vidéo, théorie prouvée par la présence de quatre gars assis sur le canapé à débattre d'un jeu. Une autre télévision était éteinte et un gars faisait la sieste sur l'un des canapés. De l'autre côté d'une vitre, il y avait une salle de sport où plusieurs des gars s'entrainaient.

J'étais déjà venue ici, car j'étais amie avec de nombreux pompiers. Je me testai, me laissant regarder vers la salle de sport ces hommes aux corps de dieux qui soulevaient des poids. Mon test échoua. Complètement. Mon corps ne réagissait absolument pas à la vue de ces gars. Je pouvais apprécier leur beauté masculine sauvage de façon objective, mais rien de plus. Pas d'excitation, pas d'électricité, pas de chaleur cochonne en moi.

J'essayai de me dire que quelque chose s'était peut-être enfin ranimé dans mon corps, et que c'était pour ça que j'étais aussi attirée par Remy. Mais si c'était le cas, j'aurais senti un éclat de la même chose en regardant ces autres pompiers canon comme tout qui faisaient du sport.

Rien, je ne ressentais rien. En détournant le regard,

je vis Remy répondre à une blague moqueuse que quelqu'un avait lancée. Aucune idée de quoi. On pouvait dire sans trop prendre de risque que je n'étais pas très présente.

Les traits fins de son visage et ses lèvres pulpeuses, décorées d'un sourire joueur, étaient à tomber et remplissaient mes veines de désir.

Quelques instants plus tard, nous étions dehors, l'air frais offrant un moment de répit à ma peau chaude. J'étais toute rouge à l'intérieur et à l'extérieur, et j'avais besoin d'une douche froide pour me calmer. L'air frais du printemps devrait faire l'affaire pour l'instant.

Même si j'avais oublié l'existence de mon pneu quand j'avais vu Remy, j'avais eu assez de bon sens pour me garer derrière lui quand j'étais arrivée. Remy s'arrêta derrière son pickup, souleva la bâche et sortit ma roue d'une main. Je me délectais de la vue de son bras à pleine puissance. Je n'avais jamais remarqué les bras de qui que ce soit autant que les siens, mais les bras de Remy étaient musclés et veineux, avec de petits poils blond foncé qui contrastaient sa peau de bronze.

Mon esprit revint au souvenir d'être tenue dans ces bras la nuit dernière. La chaleur s'empara de moi à nouveau, et il fallait que j'ordonne à mon corps de bien se tenir.

— Tu veux que j'échange les roues pour toi? demanda-t-il.

Mon cerveau était fondu, en transe par le simple fait de sa présence.

Après une pause bien trop longue, je me forçai à répondre.

— Tu n'es pas obligé, je suis sûre que je...

Je ne terminai pas ma phrase en voyant un sourire traverser son visage.

— Quoi ?

— Eh bien, tu ne savais pas comment changer une roue la nuit dernière, je doute que tu sois devenue experte soudainement. Laisse-moi m'en occuper. Sinon ça va m'embêter.

Eh bien, comment puis-je dire non à ça ?

Il changea ma roue en quelques minutes. Il dépoussiéra ses genoux en se levant, tenant ma roue de secours sous un bras avant d'aller la replacer à l'arrière de mon SUV. Il avait tout rangé avant que je ne puisse dire un mot.

— Dine avec moi.

Sa voix glissa comme du miel. Bon sang, j'aurais pu passer la journée à l'écouter parler. De tout, de rien. J'acquiesçai avant même de m'en rendre compte. Bon sang.

Ses lèvres m'offrirent un nouveau sourire en coin et mes tétons se tendirent. Quand je levai les yeux vers lui avec une chaleur chauffant mes joues à nouveau, je n'arrivai à penser à rien d'autre qu'à la sensation de ses lèvres contre les miennes.

— Oui ?

Son ton retenait une pointe de question.

*Tu ne peux pas dire oui. Cette nouvelle voix, plus aventureuse, prit rapidement le micro. Bien sûr que si, je peux dire oui.*

— Oui, dis-je, le souffle coupé, me disant que je devais avoir l'air ridicule.

Je me raclai la gorge alors qu'on restait là, sur le parking. La lumière de l'après-midi traversait les arbres qui bordaient le parking. Je pris une grande inspiration, reniflant une pointe d'épicéa et des odeurs de terre des sols qui commencent à fondre.

Et Remy. Bon Dieu, son odeur était comme une

drogue — subtile, mais riche et poivrée, décrivant la même puissance avec laquelle il avançait.

— Demain, alors.

Quelque chose dans son ton trop confiant réveilla enfin ma personnalité habituellement cassante.

— Tu annonces toujours aux femmes comment ça va se passer ?

Le sourire de Remy s'agrandit et il haussa les épaules, détendu.

— Non. Dis-moi quand alors. Je me suis dit que demain serait logique, parce que c'est vendredi.

J'avais envie de le contredire, mais je sentis que c'était exactement ce à quoi il s'attendait.

— Demain, c'est parfait, dis-je en levant le menton. Où est-ce que je te retrouve ?

— Je viendrai te chercher, ma belle.

Je penchai la tête sur le côté, après avoir enfin repris le dessus sur mes sentiments.

— Vraiment ? Je sais conduire, tu sais.

— Je suis bien au courant que tu sais conduire, Rachel. Je t'ai suivie jusque chez toi la nuit dernière.

Son accent lent et sexy ne manquait jamais de faire bouillir la surface de ma peau.

— Laisse-moi venir te chercher, s'il te plait, demanda-t-il d'un ton doux.

Encore une fois, je ne pus résister et acquiesçai simplement. Je pensais que nous en avions terminé, mais il me surprit en penchant la tête pour passer ses lèvres sur les miennes. Ce contact bref brûla ma peau et choqua mon système d'un coup de jus. J'eus immédiatement envie de sentir sa langue s'emmêler à la mienne.

Il y avait quelque chose de délicieux, de décadent dans les baisers de Remy. Aussi désespéré que soit mon corps de me mélanger à Remy, je ne voulais pas rater une seule seconde de ce baiser. Remy était un homme qui savourait les choses, qui réveillait le désir en moi.

Il se retira bien trop vite, après une seconde à peine. Avec un clin d'œil, il se retourna.

— Demain. Dix-huit heures. Tu décides où on va.

Puis il m'ouvrit la porte. Car c'était le genre d'homme qu'il était.

— Tu donnes beaucoup d'ordres, dis-je, juste avant qu'il ne referme la porte.

Je n'obtins qu'un petit rire, qui ne fit qu'alimenter le monstre qui vivait dans mon centre.

# Chapitre Huit

# REMY

Dix-huit heures. C'était l'heure à laquelle j'avais promis de venir chercher Rachel. Je n'aimais pas être en retard, mais je l'étais. On avait eu un appel en plein après-midi, rien de majeur, un accident de voiture au bord de l'autoroute. En tant que pompier forestier, en pleine saison – le printemps et l'automne – la plupart de nos missions nous éloignaient de la ville. Mais en ce moment, alors que l'État entier était couvert de boue pendant que l'hiver fondait, les trois équipes basées à Willow Brook alternaient sur les appels locaux.

En plus du fait que j'avais eu besoin de changer d'air pour survivre, l'emploi du temps de ce boulot était l'une des choses qui m'avaient fait envie. J'aimais quand les choses n'étaient pas monotones. Beaucoup d'équipes de pompiers forestiers ne travaillaient qu'une partie de l'année. Étant donné que ma formation initiale avait été du boulot de pompier normal, je gérais les deux types de missions sans problème, sans parler du fait que je n'aimais pas avoir du temps libre.

J'avais écrit à Rachel pour lui dire que j'étais en retard et pourquoi. J'avais hésité à lui écrire, en me demandant si elle utiliserait ça comme excuse pour annuler notre rendez-vous. Mais ma mère m'avait bien élevé. Comme je savais que j'allais être en retard, il fallait que je prévienne Rachel.

Heureusement, elle avait simplement répondu :

— Pas de soucis, à tout à l'heure.

Fraichement douché, portant un jean et un T-shirt bleu marine, je m'engageai dans sa rue, mon corps vibrant d'excitation. Depuis notre baiser l'autre soir, elle s'était emparée de mes pensées dès que j'avais eu un moment de libre.

L'embrasser était comme plonger au paradis. Bon sang, elle était charnue, douce et tellement sensible, je l'aurais baisée sur le bord de la route au milieu de la nuit avec plaisir.

Ça aurait été rapide, cochon et paradisiaque.

Mais il y avait plus que ça. Rachel touchait des parties de moi que je pensais interdites à tous. D'ailleurs, je les avais enfouies au plus profond de mon cerveau volontairement. Je n'avais pas envie de m'attacher. Je ne voulais plus tenir à qui que ce soit. À part ma sœur, Shay. Elle possédait une tranche de mon cœur et ce serait toujours le cas.

Non pas que mes sentiments pour Rachel se rapprochaient en quoi que ce soit à quelque chose de fraternel. Oh non. C'était simplement que Rachel faisait vibrer mon cœur. Quand je l'avais déposée chez elle l'autre soir, il y avait eu un moment où j'avais vu quelque chose traverser son regard. Sa vulnérabilité était apparue, juste un instant, et j'avais eu envie de la garder près de moi pour la protéger.

J'étais probablement complètement fou. J'étais trop sensible et je m'inquiétais trop pour les femmes. Mes parents avaient toujours été un peu vieux jeu.

Mon père était un gentleman dans le sens le plus

profond du mot. Il m'avait appris à respecter les femmes, à les traiter correctement et à toujours m'occuper d'elles. Ma mère était une femme pleine d'un humour cassant, forte et libérée, et je l'aimais plus que tout.

Donc, j'avais hérité de certains comportements. Puis il y avait ce qui était arrivé à ma sœur. Shay s'était retrouvée avec le mauvais homme, un homme qui l'avait presque tuée. S'il n'avait pas été condamné à de très longues années de prison, je ne sais pas ce que je lui aurais fait.

Rachel avait réussi à dépasser toutes les barrières qui protégeaient mon cœur. Je la voulais férocement, et je savais qu'elle me voulait aussi. Je n'allais pas reculer même si une partie de moi était complètement terrifiée.

Je savais trop bien ce que ça faisait de perdre quelqu'un qu'on aime. J'avais perdu mes parents si violemment, je m'étais promis que je ne laisserais plus jamais quelqu'un compter autant pour moi. Mais je m'étais rendu compte que je ne pouvais pas éviter Rachel.

Elle me retrouva à la porte, tellement magnifique que je n'avais qu'une envie : entrer, fermer la porte et lui dire qu'on devrait oublier le diner et passer directement au dessert.

Ses cheveux noirs brillants étaient détachés sur ses épaules, lisses et soyeux. Ses yeux bleus étaient éclatants, si riches et profonds que j'avais envie d'y plonger et d'en connaitre tous les secrets.

Elle portait une jupe en coton qui épousait ses hanches et s'élargissait au niveau des chevilles. Elle portait aussi des bottes en cuir et un chemisier blanc lâche. Le col était entrouvert, me provoquant et m'attirant vers la vallée de ses seins.

Je forçai mes yeux à remonter vers son visage, mon

regard s'arrêtant sur ses lèvres, pulpeuses et invitantes. Nous n'avions encore rien dit. Elle passa sa langue sur sa lèvre inférieure, et il n'en fallait pas plus.

Je réduisis la distance entre nous à un pas, levant la main pour passer mes doigts dans ses cheveux. En plongeant la tête, je passai mes lèvres sur les siennes parce que je n'étais pas capable de me retenir de l'embrasser.

La friction subtile fut comme une étincelle dans mon corps entier. Au son de son souffle se coinçant dans sa gorge, je plongeai ma langue dans la chaleur de sa bouche.

La main de Rachel glissa le long de mon cou, jouant avec mes cheveux. Elle avait l'air ravie de ce bonjour, sa langue se collant à la mienne et un gémissement grave échappant à sa gorge. Elle sentait tellement bon. L'odeur de son corps m'enveloppa, effaçant mes pensées et me faisant oublier toute ma politesse.

Soudainement, je sentis un corps poilu se frotter à mes jambes. Henry, son chien que j'avais rencontré la semaine dernière couvert de boue, me sortit de la transe chaude dans laquelle je tombais. Je reculai avec un petit rire.

— Salut, dis-je tardivement d'une voix rauque.

Rachel sourit, ses joues rosies d'un joli rose, envoyant du sang directement vers ma queue. Elle avait la capacité unique de me mettre dans tous mes états comme si j'étais un adolescent en chaleur qui n'avait aucune retenue.

— Salut, dit-elle doucement, le souffle de sa voix se plantant au milieu de mon torse et s'accrochant à mon cœur comme un vice.

Il y avait du désir quand il s'agissait de Rachel, c'était indéniable, mais c'était mélangé à une intimité qui ne m'était pas familière, un besoin de la protéger.

Henry lâcha un petit aboiement et je reculai pour le caresser.

— Salut mon gars, tu es bien plus propre que la dernière fois, ce soir, dis-je en passant mes doigts dans son poil.

C'était un très beau chien, noir et sable avec une fourrure très douce.

Il me salua en agitant sa queue contre l'arrière de mes jambes. Je me redressai et croisai les yeux de Rachel.

— C'est un gentil chien.

Son sourire s'élargit, et elle se pencha pour le caresser à son tour.

— Oui. Tu es prêt ?

— Je te suis, répondis-je.

Elle se tourna, se penchant pour attraper son sac à main sur une petite table juste à l'entrée de la maison.

— Allons-y alors.

En passant la porte, elle s'arrêta, sa main sur la poignée.

— À tout à l'heure, Henry.

Henry traversa le salon pour aller monter sur un fauteuil. Ses yeux sur la porte, il posa sa tête sur ses pattes tandis que Rachel fermait la porte derrière elle.

Je ne réfléchis pas longtemps avant d'attraper sa main dans la mienne pour traverser le porche et descendre les marches vers ma voiture. Ça paraissait logique, simple, et je ne supportais pas de la sentir si proche sans la toucher.

Mon corps vibrait, l'excitation et l'attente brûlant en moi. Il fallait que je raisonne ma queue, lui ordonnant de redescendre. Même si j'aurais été ravi de la prendre ici et tout de suite, ce n'était pas vraiment comme ça que je voulais la jouer.

Une fois qu'elle était installée sur le siège passager

et que j'étais derrière le volant, un éclair traversa la
voiture quand je la regardai. Dans la lumière mourante
du jour, ses yeux brillaient, et ses lèvres gonflées
étaient rosies de notre baiser.

Mon cœur lâcha un lourd battement. J'étais vraiment foutu.

# Chapitre Neuf

# RACHEL

Je regardai Remy, assis en face de moi à table, en faisant tourner mon verre de vin presque vide entre mes doigts. J'étais toute rouge et mon corps vibrait depuis que j'avais ouvert la porte ce soir.

Il était tellement beau. Ses cheveux blond foncé et ses yeux vert profond mariés à sa peau bronzée, eh bien, c'était trop pour moi. Il dégageait une masculinité virile débordante. Mes yeux s'attardaient en permanence sur la façon dont son T-shirt délavé moulait ses épaules et je ne pouvais pas m'empêcher de repenser à la vue délicieuse de son torse nu à la station hier après-midi. J'avais envie de lécher tout son corps.

Et pour empirer le tout, il était beaucoup trop gentil. Et cet accent ? Bon sang, ma culotte était trempée rien qu'à l'entendre parler. Ce qui n'avait pas aidé du tout, c'était qu'il m'avait embrassée pour me dire bonjour. Mes lèvres me piquaient encore et ça faisait une bonne heure que nous étions arrivés ici.

C'était un vrai gentleman, insistant pour m'ouvrir la porte, tirer ma chaise, même si nous dinions à Alpenglow Pizza. Ce n'était pas un restaurant de luxe.

C'était une atmosphère détendue, un resto de pizzas cuites au feu de bois, avec un four ouvert au fond du restaurant, des tables de chaque côté des murs. Le restaurant avait ouvert l'année dernière et était rapidement devenu très populaire. Willow Brook avait perdu sa pizzeria, un coup de malchance, et était resté sans pizzas pendant presque cinq ans.

Les propriétaires avaient rénové cette vieille grange en périphérie du centre-ville. De vieilles stalles avaient étaient transformées en cuisine à l'arrière, et ils avaient ouvert le reste de l'espace pour y mettre des tables. Le plancher en bois épais avait été reverni, et il y avait un comptoir avec des tabourets tout autour du four en briques. C'était un lieu relaxant et chaleureux. Il y avait beaucoup de fenêtres qui laissaient entrer la lumière, donc l'espace était lumineux même pendant les mois d'hiver sombres.

Les fenêtres du côté où nous étions assis offraient une vue sur une prairie avec Denali au loin. La neige descendait lentement de la montagne alors que le printemps prenait place. Je n'avais remarqué la vue que passivement, sauf si on considérait que Remy en faisait partie. Je le buvais du regard.

Nous avions parlé de plusieurs choses pendant le diner : ma famille, comment j'étais devenue assistante médicale, et ce qu'il pensait de l'Alaska. Il y eut une pause dans notre conversation quand sa bouche se recourba dans un coin, et je réalisai que je le fixais du regard.

Je lâchai la première question qui me vint à l'esprit.

— Alors, parle-moi de ta famille. Ils vivent où maintenant ?

Son regard trembla et il prit une gorgée de sa bière.

— Mes parents sont morts. Ma petite sœur et moi sommes tout ce qu'il reste de notre famille.

Ses mots sortirent d'un ton grave et je pouvais voir la douleur dans ses yeux, qui me déchira le cœur.

Même si je ne le connaissais pas encore bien, je savais que c'était un homme bon. Je savais aussi que ce qui avait dû arriver à ses parents devait être douloureux.

— Oh, je suis tellement désolée Remy.

Sans y réfléchir, je tendis le bras sur la table pour prendre sa main. Ses doigts s'enroulèrent autour des miens, la douleur traversant ses yeux était évidente.

— C'est jamais plus facile de dire ces mots.

Il s'arrêta pour prendre une autre gorgée de sa bière avant de reposer la bouteille vide sur la table.

— Ils sont morts quand une tornade a détruit la maison de vacances où ils étaient.

— Remy, c'est horrible. Je suis désolée, répétai-je.

Mes mots semblaient si faibles. Ma famille comptait beaucoup pour moi, et je n'arrivais pas à imaginer que mes deux parents meurent en même temps.

Remy resta silencieux quelques instants, son regard fuyant quand il leva sa bière vide. Il ramena ses yeux aux miens et secoua la tête. La tristesse était encore là, mais il semblait la contrôler avec précision.

— Ouais, c'est nul. Je n'ai pas grand-chose d'autre à dire sur le sujet. Parfois, le plus dur c'est de le dire aux gens.

— J'imagine. C'est très habituel de poser des questions sur la famille.

Il tenait encore ma main et la serra. Je n'avais pas envie de le lâcher, même si je savais que c'était sans doute le moment où j'aurais dû le faire. Mais je le tins. Je voulais ce point de contact, et il avait l'air de le vouloir aussi.

— C'est pour ça que tu as déménagé ?

Je m'entendis poser la question et la regrettai presque immédiatement.

Il haussa les épaules.

— En partie. J'étais pompier dans ma ville natale. J'avais déjà prévu ma formation de pompier forestier avant qu'ils ne meurent. J'avais envie de voyager, donc ça, ça n'avait rien à voir avec la mort de mes parents. Mais quand c'est arrivé, c'était une façon facile de m'enfuir. Ma formation était dans le nord de la Californie. J'y suis resté un moment après ma formation, puis Ward... Tu connais Ward, n'est-ce pas ? demanda-t-il en parlant d'un pompier qui avait déménagé ici depuis la Californie et était aussi marié à l'une de mes amies.

S'arrêtant un instant, Remy me regarda, puis continua après mon hochement de tête.

— J'ai fait ma formation au même endroit que Ward. C'est grâce à lui que j'ai entendu qu'un poste se libérait ici. Je l'ai pris parce que je n'étais pas prêt à rentrer chez moi.

— Tu crois que tu y retourneras un jour ?

Remy resta silencieux, faisant tourner sa bouteille vide du bout des doigts.

— Je ne sais pas. C'est du lourd. J'avais déjà mes raisons de partir avant la mort de mes parents. Ma sœur avait déménagé pour la fac et vivait avec son copain. Elle vient de retourner dans notre région natale pour vivre avec des amis de la famille. Je ne sais pas combien de temps elle y restera, mais c'est là qu'elle est pour le moment.

Je sentais le deuil résonner dans ses mots.

— Elle te manque ?

Remy sourit.

— Shay est vraiment unique. Elle va bien. Je m'inquiète pour elle, mais je m'inquiète toujours. Elle me dit que je lui donne trop d'ordres et qu'elle peut se gérer toute seule. Elle vit avec un vieil ami à moi. Il avait une chambre de libre et je l'ai un peu forcée. Sa sœur vit là aussi, donc c'est un bon endroit pour Shay.

— Shay, c'est un joli nom.

— Ça c'est sûr. C'est une aventurière, elle se met toujours dans des embrouilles. Ça me rendait fou quand on était plus jeunes. Je lui parle plusieurs fois par semaine. Elle ne me supporterait pas si c'était plus, donc c'est sans doute une bonne chose que je ne sois pas sur place. Elle dit que je suis trop protecteur et autoritaire.

Je serrai sa main au son grave de son rire.

— Qu'est-ce que tu penses de Willow Brook ?

— J'aime bien la ville. Vraiment. Je n'aime pas trop les grandes villes, mais j'aime bien ne pas être trop loin d'une grande ville. Anchorage est à deux pas d'ici, et c'est pratique. Quand je suis arrivé, je cherchais à changer d'air. C'est ce que j'ai trouvé, mais j'adore mon équipe. Je ne peux pas prétendre que c'est comme le Sud où j'ai grandi, mais les petites villes ont toutes des choses en commun, quel que soit le climat. Celle-ci est une vraie petite ville. Et maintenant, il y a toi.

Quand il dit ça, étirant le mot « toi » avec ses yeux qui s'assombrissaient, mon cœur se retourna dans ma poitrine et mon pouls partit en courant. Bon Dieu. Cet homme pouvait me faire fondre avec rien d'autre que ses yeux. Une chaleur s'empara de moi, me faisant transpirer de partout. Je bougeai mes jambes pour libérer l'envie qui montait entre mes jambes.

Il serra ma main à nouveau.

— On y va, ma belle ?

Oh ! Mon ! Dieu !

Dès qu'il m'appelait « ma belle », mon cœur faisait une petite danse de la joie. Ma gorge s'assécha en voyant l'air dans ses yeux. Son pouce caressa le dos de ma main, sa peau calleuse marquant ma peau au fer rouge. Je déglutis et pris une respiration tremblante, une tentative inutile de ralentir mon pouls.

— Je parie que tu appelles toutes les filles ma belle, réussis-je à dire sur un ton moqueur.

Ses lèvres s'étendirent dans un coin alors qu'il secouait la tête.

— Nan, d'habitude je dis chérie. Ma belle, c'est juste pour toi.

Oh ! Mon ! Dieu !

Des papillons s'envolèrent en cascade sauvage dans mon ventre.

— Oh.

Ce fut la seule réponse que je réussis à formuler.

— Tu ne m'as jamais répondu, ma belle.

Le regard vide sur mon visage dut lui faire comprendre que j'avais complètement oublié sa question. Avec un rire, il la répéta.

— On y va ?

Je rassemblai mon attitude habituelle et plissai les yeux.

— Pas de soucis.

Soudainement, je me rendis compte qu'on avait rapidement changé de sujet après ce qu'il avait partagé sur ses parents. Je m'arrêtai.

— Je ne voulais pas...

Je me tus quand il secoua la tête.

— C'est pas grave. Ça vaut pas la peine de s'attarder dessus. Crois-moi, je préfère ça comme ça. Allons-y.

Il se leva et prit ma main. Il jeta un pourboire généreux sur la table avant qu'on ne parte. Sa main ne lâcha pas la mienne une seule seconde, même quand on passa à la caisse, et que ma proposition de payer la moitié reçut un regard amusé.

Ça ne me traversa même pas l'esprit de me demander pourquoi ça paraissait si naturel qu'il me tienne la main. C'était comme ça avec Remy. Tout semblait simplement se faire tout seul. Dans l'ensemble, je pensais que je m'étais remise de l'horreur de ma dernière relation. Ça s'était terminé en désastre d'ampleur glorieuse, mais pas avant que mon estime de moi quand il s'agissait d'un homme ne soit réduite en cendres.

Dans la plupart des aspects de ma vie, j'étais moi-même, curieuse, un peu autoritaire et drôle. Mais je n'avais pas envisagé l'idée de sortir avec qui que ce soit depuis plus d'un an. Je m'étais résignée à la réalité que ça ne m'intéressait même plus. D'ailleurs, j'étais plutôt convaincue que c'était mieux comme ça.

Je n'arrivais pas vraiment à y réfléchir consciemment, mais il y avait une partie de moi qui savourait la présence de Remy, et l'attitude protectrice qu'il dégageait sans effort. Encore une fois, il avait ouvert la porte devant moi avant même que je puisse tendre le bras.

Je levai les yeux une fois que j'étais assise dans la voiture, vers son regard perçant dans la lumière mourante du jour.

— Tu es un sacré gentleman, dis-je avec un clin d'œil.

Sa bouche se tordit en un sourire. Ce morceau de ma personnalité joueuse que j'avais réussi à retrouver avec lui partit en flammes dans la chaleur qui tourbillonnait en moi. J'étais capable de gérer cette histoire, sans souci, tant que ça restait superficiel. Mais rien chez Remy ne semblait superficiel.

—Je suis un gars du Sud, c'est dans mes veines. Et

peut-être un peu vieux jeu. Ma maman m'a appris les bonnes manières. Elle n'est plus là pour me gronder, mais je n'ai pas l'intention de la décevoir. Je suis sûre qu'elle trouverait une façon de me punir depuis le paradis sinon.

Sur ces mots, il ferma doucement ma porte avant de faire le tour de la voiture pour monter côté passager.

# Chapitre Dix

# RACHEL

Sur toute la durée du trajet vers chez moi, je me dis un petit discours d'encouragement. Ce n'était qu'un diner. J'étais capable de gérer un diner. C'était bien pour moi. C'était bien que j'essaie de sortir de ma zone de confort un petit peu. Et Remy n'était pas dangereux. J'étais en sécurité.

Sécurité, sécurité, sécurité. Ce mot était perdu dans un écho au fond de ma tête. J'étais tellement occupée à me dire que je pouvais gérer que j'avais à peine vu le temps passer et sursautai presque quand on arriva devant chez moi.

En regardant vers lui, j'étudiai son profil un instant. Ses cheveux blond foncé étaient un peu ébouriffés. Ils étaient lisses et assez brillants pour que ça ait l'air volontaire. Ils descendaient vers l'arrière de son cou, me donnant envie d'y passer mes doigts. Ses yeux se posèrent sur moi et mon pouls explosa à nouveau.

Mon regard tomba là où sa main tenait le volant, accrochée de façon nonchalante. Ses mains étaient fortes et sexy. Je savais l'effet qu'elles faisaient, et je mourais d'envie de les avoir sur moi. Mes yeux passèrent sur ses avant-bras. Qui aurait pensé que des avant-bras pouvaient être aussi sexy ?

Mes yeux s'attardèrent sur les muscles fibreux tendus alors qu'il conduisait sa voiture dans ma rue, puis je me forçai à regarder par la fenêtre. Mon entrée de garage n'était pas très longue. Je vivais à quelques minutes en dehors du centre-ville de Willow Brook. J'avais acheté cette maison toute seule juste après avoir terminé ma formation d'assistante médicale. Elle n'était pas énorme, une petite maison sur un peu de terrain. Dans beaucoup d'autres endroits, on aurait considéré ce terrain comme énorme. Mais en Alaska, c'était petit. Juste assez pour être tranquille. Mes deux voisins les plus proches étaient à portée de voix. Je ne m'en étais jamais inquiété, mais aujourd'hui ça avait une importance.

Quand j'avais emménagé ici, l'un de ces terrains était vide. Après tout ce qu'il s'était passé avec mon ex, j'avais été parfaitement soulagée que mes voisins construisent leur maison ici. Ils étaient amicaux et trop curieux, ce qui était parfait. Avant que mon ex ne fasse imploser ma vie, j'étais incapable d'imaginer qu'il était agréable d'avoir des voisins commères.

Je secouai la tête. Je n'avais pas envie de penser à ça. Remy s'arrêta devant ma maison, et la première chose que j'entendis fut l'aboiement heureux d'Henry. Ma maison était une petite construction style ranch. C'était un rectangle régulier avec des murs en cèdre et un toit en métal violet. C'était ce violet qui m'avait convaincue d'acheter. Les anciens propriétaires avaient laissé les travaux en cours, mais mon père m'avait promis de m'aider à terminer la maison, et il l'a fait dans les deux premiers mois après mon emménagement.

Quand il coupa le moteur, Remy me regarda.

— Je te raccompagne jusqu'à la porte.

L'air dans la voiture paraissait chargé, lourd de l'électricité qui courait entre nous. C'était mon premier rendez-vous depuis plus d'un an. Je n'aimais même pas repenser à mon dernier rendez-vous.

Une incertitude s'empara de moi, mais je hochai la tête. Alors que j'étais prête à ouvrir ma porte, Remy se trouva là. Pour un homme de sa carrure, il avançait vite.

Malgré l'anxiété qui montait en moi, sa présence était réconfortante. Je descendis de la voiture, sa main me stabilisant bien que mes pieds touchaient le sol. Ce petit point de contact me secoua jusque dans mon centre, alimentant le besoin qui bouillonnait en moi depuis le début de la soirée.

Il faisait presque nuit, le soleil s'était couché pendant notre diner. Il restait quelques rayons de rouge, d'or et d'orange au-dessus des montagnes dans le ciel bleu marine, et mon terrain offrait une belle vue vers la forêt au loin. La ligne saccadée des sommets était visible avec l'éclat des étoiles au-dessus et un croissant de lune qui s'élevait.

Je pris une profonde respiration pour me calmer alors que nous montions les marches de mon porche, me demandant ce que Remy attendait de moi. Je savais ce que je voulais, mais je n'osais pas me laisser y penser. J'avais simplement envie de me perdre en Remy. C'était un tel luxe d'être avec lui, de ressentir la facilité mélangée à cette intimité intense qui s'était installée entre nous depuis la première fois qu'il m'avait embrassée.

Mon cœur battait si fort que j'en entendais l'écho à travers chaque centimètre de mon corps. Mon bas-ventre se serra, et ces papillons reprirent leur envol. Je

réussis à sortir mes clés, mais les fis tomber immédiatement. Deux fois, en plus.

Remy les ramassa et enfonça la clé dans la serrure
lui-même. Il resta silencieux et ne se moqua pas de
moi. En levant les yeux alors que j'ouvrais la porte, je
dis :

— Attention, Henry va traverser la porte en
courant.

Au moment où je l'ouvris, Henry fit exactement ce
que je venais de décrire et débarqua au galop. Il s'arrêta pour faire le tour de mes jambes et de celles de
Remy, sautant vers le haut pour me lécher le visage
alors que je me penchais pour le caresser. Remy
gloussa, passant sa main le long du dos d'Henry alors
qu'Henry fonçait vers le jardin pour faire ses besoins.

Je restai simplement là, ma main enroulée autour
du cuir de mon sac. Quand je levai les yeux vers Remy,
mon regard croisa le sien. Je ne pouvais pas détourner
les yeux. Il n'était à pas plus de deux mètres de moi,
son regard vert s'assombrissant.

Avant que je ne puisse réfléchir à ce qu'il nous arrivait, il leva la main, passant ses doigts sur mes lèvres
avec un toucher de feu.

— J'ai eu envie de faire ça toute la soirée,
murmura-t-il.

Un corbeau croassa depuis les arbres, un son qui
perça à peine le nuage de désir installé dans mon
esprit.

— Ah bon ? m'entendis-je demander, d'une voix
rauque.

Remy brouillait mes pensées et volait mes sens dès
qu'il se tenait près de moi. Sa main caressa ma joue,
rangeant lentement une mèche de cheveux derrière
mon oreille. En s'approchant, il se pencha pour
caresser mes lèvres des siennes.

Il se recula doucement, et un gémissement déçu m'échappa à la perte de cette sensation.

— Je t'aime bien, Rachel.

Mon cœur lâcha un lourd battement. Aussi cynique et prudente que je sois, j'aimais bien Remy. Je l'aimais beaucoup.

Depuis tout ce temps, j'étais persuadée qu'aucun homme ne pourrait plus me faire cet effet. Je pensais que j'avais dit au revoir au désir, car ça ne valait pas les problèmes et les conséquences émotionnelles.

Avec Remy devant moi, le désir et le besoin que ses yeux contenaient, j'oubliais de m'inquiéter.

— Je t'aime bien aussi, dis-je doucement, en me disant que c'était une chose idiote à dire même si ça paraissait parfaitement juste.

Henry se jeta contre mes jambes, dansant autour de nos pieds et me donnant des coups de tête.

— Laisse-moi faire rentrer Henry. Il aime bien avoir à manger quand je rentre. Entre donc, dis-je.

Cette pause temporaire fit exploser mon pouls, l'anxiété plongeant dans mon désir. Je n'arrivais pas à croire que je laissais tout cela m'arriver.

En sachant que ce serait étrange si je changeais complètement d'attitude tout de suite, je reculai, faisant signe à Remy d'entrer. Il resta silencieux alors que je posais mon sac à main sur la table à côté de la porte et marchais rapidement vers la cuisine pour attraper l'une des friandises en forme d'os préférées d'Henry, avant de lui jeter.

Henry dévora le biscuit en une bouchée. Je ris, croisant le regard de Remy qui se tenait toujours près de la porte.

L'entrée de la maison menait à un salon ouvert. Il y avait un petit poêle à bois dans un coin, et des fenêtres le long du mur du fond qui offraient une vue sur les arbres et les montagnes. J'avais installé mon canapé d'angle de telle manière à pouvoir voir la vue d'un côté et la télévision montée au mur de l'autre.

Le salon était séparé de la cuisine par l'un des trois plans de travail. Il y avait des tabourets le long de ce plan de travail là. La maison était ouverte et lumineuse. J'adorais cet endroit, même si j'avais hésité à déménager l'année dernière. Je pensais encore que ça finirait par arriver, mais je n'avais pas trouvé le bon moment.

Un souvenir vif me revint alors que je regardais la pièce, voyant l'endroit où Bruce avait percé un trou dans le mur, de son poing. Le mur avait été parfaitement réparé, le plâtre poli méticuleusement un soir où j'étais déterminée à effacer tout rappel visible de ce que Bruce avait fait. J'étais la seule à encore savoir exactement où le trou avait été, mais, là encore, j'étais la seule à savoir exactement où tous les autres étaient. Il y en avait eu cinq.

— Ça va ? demanda Remy.

Il arrivait à me lire avec une simplicité déconcertante. Je ne savais pas quoi en penser. La cuisine n'était qu'à quelques pas de la porte. Il s'avança vers moi, ses yeux sondant mon visage.

Je pris une respiration tremblante, me forçant à repousser ces souvenirs. Quoi qu'il arrive, je n'allais pas laisser le passé détruire le présent. Mes yeux se posèrent sur Henry alors qu'il traversait le salon au trot pour s'installer sur son fauteuil préféré.

Henry me faisait toujours sourire, et il me faisait le même effet à l'instant. En regardant Remy à nouveau, je commentai :

— Ça va.

Je ne sais pas ce qui me poussa à faire ce que je fis après ça, peut-être que c'était un acte désespéré pour ne pas laisser le passé s'emparer du présent. Je réduisis la distance entre nous et me mis sur la pointe des pieds pour l'embrasser.

Remy n'attendit pas une seconde. Dès que mes lèvres se posèrent sur les siennes, un petit soupir m'échappa, comme si j'étais soulagée. Quand il posa sa bouche sur la mienne, une excitation me traversa, fonçant vers mon centre et irradiant le reste de mon corps. Après un grognement grave, il passa sa main dans mes cheveux. Je gémis quand son autre main passa le long de ma colonne vertébrale pour aller attraper mes fesses, avant qu'il ne me tire vers lui.

Sa bouche se pencha sur la mienne et notre baiser s'enflamma. J'étais aussi proche que je pouvais l'être et ce n'était pas assez, je déversai mes émotions et mon désir dans l'emmêlement de nos langues. Coup après coup, morsure après morsure, je me perdis dans Remy.

Sa main traversa mes cheveux, un élan de force subtile quand il s'y agrippa, sans me déplaire. Je bougeai les cuisses et mes hanches se heurtèrent au comptoir de la cuisine. D'un mouvement facile, il me souleva pour me poser sur le comptoir sans interrompre notre baiser.

Étant donné que j'étais sur le point de fondre à ses pieds, c'était un soulagement de ne pas avoir à soutenir mon propre poids. Même si je savais sans aucun doute qu'il était fort, il y avait quelque chose d'englobant à propos de sa force. Je me sentais tenue et protégée, mais pas écrasée ou dominée.

Ses doigts passèrent dans mes cheveux, sa paume glissant le long de mon dos dans un chemin de feu. Il agrippa ma hanche, m'approchant du bord du comptoir alors qu'il avançait entre mes jambes. Ma jupe était remontée en piles de tissus juste au-dessus de mes genoux.

Je pouvais sentir sa longueur se coller à moi, son jean se frottant au coton de ma culotte. Je me reconnaissais à peine. Je gémissais lentement de temps en temps, et je me cambrai vers lui quand il recula alors qu'il attrapait délicatement ma lèvre inférieure entre ses dents. Ses lèvres passèrent le long de ma mâchoire, jouant avec mon oreille avant de déposer des baisers de feu dans mon cou.

Un incendie montait en moi et mes nerfs étaient à vif, ma peau vibrant de part en part. Remy murmura quelque chose. Je gémis quand il attrapa mon sein, son pouce jouant avec mon téton tendu.

— Remy, gémis-je.

Il leva la tête, son pouce toujours joueur, et mon téton le suppliant de ne pas s'arrêter.

— Oui, ma belle ? demanda-t-il avec cet accent du Sud sexy, encore une chose qui manqua de me faire exploser.

Je réussis à ouvrir les yeux et trouvai son regard qui m'attendait : sombre, voilé et tellement chaud qu'il me marqua au fer rouge, une ligne dirigée vers mon sexe. Ma culotte était trempée et mes hanches se balançaient vers lui par réflexe.

Avec toute la force de son intensité sur moi, je me sentis soudainement timide, presque submergée par le mélange d'émotions et l'excitation qui me traversaient. Je me mordis la lèvre et haussai les épaules.

— Je ne sais pas.

Il passa son pouce sur mon téton à nouveau.

— Je sais que c'est bon, murmurai-je.

Sans jamais me lâcher du regard, il relâcha sa prise sur ma hanche, levant sa main libre pour défaire les boutons de mon chemisier. L'air frais frappa ma peau, un contraste qui ne servit qu'à accentuer la chaleur qui brûlait en moi.

— Tu es tellement belle.

Je déglutis, prise dans une vague d'émotions. Après m'être fermée aux hommes, je n'étais plus habituée à ce genre d'attention. Étant donné que ma dernière relation n'avait été que torture émotionnelle, psychologique et physique, j'étais prise entièrement au dépourvu par ses mots et par l'air dans ses yeux.

— Ne t'inquiète pas, on n'ira pas trop loin ce soir.

Mon cerveau comprit qu'il disait qu'on allait arrêter. J'enroulai mes jambes autour de ses hanches.

— Oh non, tu n'as pas le droit de partir tout de suite.

Le rire de Remy fit trembler toute ma peau.

— Oh ma belle, ne t'inquiète pas. Je ne vais nulle part. Pas tout de suite.

Il se cambra contre moi, la longueur entière de son excitation se pressant contre mon centre et envoyant une décharge de plaisir en moi.

— J'allais te demander si tu voulais que j'arrête.

Il fit une pause, son regard plongeant dans mes yeux.

— Que tu saches, à la seconde où tu dis stop, j'arrête. Quel que soit le moment.

Je déglutis, une fois de plus submergée par une vague d'émotions. Remy était sorti de nulle part dans ma vie, et le désir électrique que je ressentais avec lui me choquait. C'était comme si un astéroïde avait atterri sur la planète Moi. Du respect, de l'attention, de la sécurité, et un désir brûlant ; toutes ces choses n'allaient pas ensemble d'habitude dans mon monde. Mais avec lui, si.

Je hochai la tête puis il ouvrit un bouton de plus, penchant la tête pour déposer des baisers le long de mon épaule et vers la vallée entre mes seins. Mon sexe se serra en sentant chaque baiser, chaque point de contact qui me brûlait. Un autre bouton et mon chemisier était grand ouvert.

Il recula légèrement, un grognement grave lui échappant.

— Plus beau encore que je n'avais imaginé, murmura-t-il avant de plonger la tête et de sucer l'un de mes tétons suppliant d'être dans la chaleur humide de sa bouche, à travers la soie de mon soutien-gorge.

Je hurlai, le plaisir si perçant qu'il me déchira.

Un autre coup de langue et il transféra ses attentions sur mon autre sein. Je plongeai mes doigts dans ses cheveux et m'accrochai, tentant de maintenir un sentiment de contrôle, en me demandant s'il était possible d'avoir un orgasme juste comme ça.

Je sentis le pincement de son pouce sur l'attache. Mes seins se libérèrent et sa paume calleuse attrapa mon sein nu. Je murmurai son nom et je me balançai vers lui, avec des petits éclats de plaisir qui me traversaient à chaque fois que sa bosse s'enfonçait contre moi.

Sa paume remonta le long de ma jambe, me faisant frissonner et lâchant des étincelles à la surface de ma peau. Il passa ses doigts sur le coton mouillé entre mes cuisses. Tout ce que je savais, c'était que j'en voulais plus.

Il s'arrêta juste assez longtemps pour me faire ouvrir les yeux, et je lâchai enfin ses cheveux que je tenais d'une main de fer.

— J'ai envie de te faire jouir.

Ses mots crus me percèrent. Si direct, si ouvert, et tellement canon, je ne savais presque pas comment l'entendre.

— Je t'en prie, dis-je enfin, alors que mes hanches traduisaient ce que je voulais en se balançant contre sa paume.

Il me lança un sourire en coin et pencha la tête encore une fois, déposant de doux baisers mélangés à de petites morsures dans mon cou.

Avec un pouce sur mon téton, il caressa le coton mouillé entre mes cuisses de l'autre main. J'avais un besoin frénétique d'en avoir plus. Je le voulais tout entier. Tout de suite.

Avec un grognement grave, il écarta ma culotte, plongeant ses doigts en moi. Je m'arrêtai et vibrai sur ses doigts. J'étais tellement trempée qu'il glissa facilement.

Un autre doigt rejoignit le premier et cette sensation d'étirement était si bonne que je manquai de jouir immédiatement. Il resta immobile un instant pendant que je criais, avant de retirer ses doigts et de jouer doucement avec mon clitoris. J'étais si proche de l'explosion, à la recherche de mon orgasme. Ses doigts plongèrent à nouveau, me baisant de quelques va-et-vient lents. Au moment où son pouce passa sur mon clitoris à nouveau, ce fut comme lâcher une grenade dans mon corps.

Le plaisir explosa en moi, me frappant fort et vite, puis irradiant l'ensemble de mon corps. Cette sensation de climax perçant était si intense que je hurlai alors que mon corps tremblait encore.

Remy retira ses doigts doucement, sa main s'enroula sur ma cuisse et il pressa un baiser dans mon cou. Ce baiser envoya une vague de plaisir dans mes veines.

Alors que je revenais lentement à la réalité, m'élevant à travers un brouillard de désir satisfait, j'ouvris les yeux et le trouvai qui m'attendait. Bon sang, qu'il était beau. Avec son air défait, ses lèvres en peu rouges et gonflées de nos baisers, et le regard encore plein de désir, il fit battre mon cœur d'une façon étrange. L'intensité de ce moment était trop pour moi.

Je bougeai, passant la main entre nous. Je n'étais peut-être pas sortie avec qui que ce soit depuis un certain temps, mais je connaissais les attentes. Je passai ma main sur son jean, savourant la sensation de sa bosse dure sous ma paume. Son souffle siffla à travers ses dents, et il secoua la tête doucement.

— Pas tout de suite, ma belle. C'était juste pour toi.

# Chapitre Onze

# REMY

Rachel me regarda, ses yeux bleus écarquillés, sa peau rougie et ses lèvres gonflées après nos baisers. Bordel.

*Cette femme.*

Ça prenait tout ce que j'avais de ne pas la baiser. Ici. Tout de suite.

Rapide et sale.

Je ne savais même pas pourquoi j'insistais sur le fait d'attendre. Il y avait quelque chose dans les éclats de vulnérabilité que je trouvais dans ses yeux. Il y avait aussi quelque chose dans ce que je ressentais quand j'étais avec elle.

Je n'avais pas envie d'aller trop vite. Je n'avais pas couché avec grand monde ces derniers temps. C'était quelque chose de hasardeux. D'ailleurs, le sexe était devenu quelque chose d'impersonnel et de bref. Rien de plus qu'un outil, une mission.

Je ne voulais pas que ce soit la même chose avec Rachel. Je voulais... j'avais besoin de cette progression lente, de l'anticipation. Je savais que si j'attendais, ce ne serait que plus chaud, plus doux, plus intense et plus intime.

Avec son chemisier ouvert, et ses magnifiques seins nus pour moi, je mourais d'envie de prendre l'un de ses tétons entre mes dents à nouveau. J'avais envie de le sucer une dernière fois avant de plonger dans sa chaleur humide.

J'enfermai mon besoin et m'accrochai à mon contrôle.

— Juste pour moi ? demanda-t-elle, le son rauque de sa voix s'enfonçant dans mon cœur, réveillant l'envie en moi encore plus.

Ma queue était si dure, je savais que je devrais m'occuper de moi en rentrant à la maison. J'ignorais les protestations de ma queue.

Je serrai sa cuisse.

— Oui, ma belle. Juste pour toi.

Quelque chose passa dans son regard. Sa main s'arrêta là où elle l'avait posée sur mon membre, et son regard vacilla tandis qu'elle l'éloignait.

— D'accord, répondit-elle d'un ton neutre.

Je n'aimais pas ça. Je ne pensais pas qu'elle me repoussait consciemment, mais je sentais que quelqu'un lui avait fait du mal. Elle enroula une main fermement sur le bord du comptoir et embêta sa lèvre inférieure de ses dents.

— Arrête. Je ne sais pas à quoi tu penses, mais si tu te dis pendant une seule seconde que c'est parce que je n'ai pas envie de toi, arrête. J'ai tellement envie de toi que ça me fait mal. Mais tu es bien plus que ça. Je veux m'assurer que tu saches que c'est plus qu'un truc d'un soir.

La bouche de Rachel s'ouvrit.

— Oh !

— Je suis de garde pour les prochains jours. Je t'enverrai un SMS, et on ira diner quand je serai de repos.

J'attrapai sa main, la posant sur ma bosse à nouveau.

— Tout ça, c'est pour toi.

Elle écarquilla les yeux. Quand je me penchai et que j'embrassai ses lèvres, ça demanda tout ce que j'avais pour ne pas oublier ce que je m'étais promis à moi-même et me lancer dans une baise rapide et sale. Quand je reculai, son regard était redevenu sombre et ses lèvres proposèrent un sourire lent.

— Tu es plutôt convaincant, dit-elle.

Je souris en reculant.

— Trois jours.

———

Le lendemain matin, je sortis du lit la queue dure. J'étais seul et venais de me réveiller d'un rêve dans lequel figurait Rachel. Même si je m'étais occupé de moi-même la veille au soir, ça ne semblait pas suffire. Je n'avais pas envie d'un autre orgasme solitaire, donc je pris une douche froide.

D'habitude, aucune femme ne me faisait l'effet que Rachel me faisait. J'étais un peu frustré que mon équipe soit de garde pendant les trois prochains jours. Heureusement que j'adorais mon boulot.

Depuis que j'avais déménagé à Willow Brook, j'avais acheté une maison non loin de la ville, à moins de cinq minutes de la caserne. Même si je ne savais pas combien de temps je voulais rester à l'époque, ça paraissait plus intelligent d'acheter que de louer. Ma maison était installée sur quelques hectares de terrain avec un petit étang d'un côté et un petit champ de l'autre, avec un mélange d'épicéas et de bouleaux tout autour. La petite maison style ranch sur deux étages avec une structure en bois se fondait parfaitement dans son environnement. J'avais deux chambres, une salle de bains à l'étage, et le rez-de-chaussée était une grande pièce ouverte, à l'exception d'une autre salle de bains et une buanderie. Il y avait une cheminée en pierre d'un côté et la cuisine au fond.

Après m'être douché, je descendis les marches, enfilant un jogging et un T-shirt. Le sol en bois était frais sous mes pieds nus. Le salon offrait une vue sur le champ tandis que le soleil dépassait la cime des arbres. Je n'avais encore jamais vu cette maison en été, car je l'avais achetée l'automne dernier. Pour l'instant, le gazon était un peu boueux et il restait de la neige dans les arbres.

Je traversai le salon où se trouvaient un canapé d'angle, quelques chaises et une table basse. C'était l'un des avantages en achetant une maison entièrement meublée. Les anciens propriétaires avaient quitté l'État puis l'avaient louée pendant quelques années, laissant leurs meubles derrière eux. Ça avait rendu l'achat très facile pour moi, en plus du fait que le prix était ce que je recherchais et que la maison m'avait plu.

Je lançai la machine à café puis me retournai, cherchant mon téléphone quand je l'entendis vibrer quelque part. Je le vis au bord du comptoir où j'avais dû le laisser la nuit dernière en rentrant. En le retournant et en regardant l'écran, je vis apparaitre le nom de ma sœur. Je levai le téléphone et swipai l'écran.

— Salut Shay. Qu'est-ce qu'il t'arrive ?

— Je n'ai pas eu de nouvelles depuis quelques jours. Je t'appelais juste pour savoir comment ça va, répondit-elle.

Shay et moi parlions très régulièrement, quoi qu'il se passe dans nos vies. À un moment, j'appelais un peu plus souvent, mais c'était quand son connard d'ex lui faisait vivre un enfer. Il était en prison depuis plusieurs années maintenant, et ça m'allait parfaitement.

— Eh bien, je viens de sortir du lit et j'attends que mon café soit prêt. Qu'est-ce que tu fais ? Il est quatre heures plus tard chez toi.

L'Alaska avait son propre fuseau horaire, une heure plus tôt que le fuseau du Pacifique. Comme Shay était tout à l'est, il y avait quatre heures de décalage horaire.

— Je fais du café et je suis sur le point d'aller rejoindre Jackson pour une visite de la zone de sauvetage. Je me suis dit que j'allais t'appeler pendant que j'attendais.

— Tu l'engueules sur son retard, d'acc ? lançai-je pour plaisanter.

Elle rit.

— Euh, non. Étant donné que je suis là depuis seulement quelques jours, je ne l'engueulerai sur rien. Tu peux t'en occuper toi-même. Je suis juste heureuse qu'Ash m'ait convaincue de venir ici.

— Ça se passe bien ? demandai-je.

J'étais heureux que mon meilleur ami et sa petite sœur aient eu la place d'accueillir Shay dans leur ferme familiale, mais elle n'était pas convaincue quand je lui avais suggéré l'idée. Elle n'aimait pas que qui que ce soit émette une opinion sur sa vie. Elle considérait que qui que ce soit qui s'inquiète pour elle, surtout moi, était une emmerde.

J'avais juste envie qu'elle soit quelque part où elle serait en sécurité. Elle avait tout perdu quand ça avait mal tourné avec son ex. Elle ne l'avait jamais épousé, mais il l'avait isolée si parfaitement qu'elle n'avait eu personne vers qui se tourner quand nos parents sont morts. J'avais presque quitté mon boulot pour revenir près d'elle, mais elle s'y était violemment opposée.

— Bien sûr que ça se passe bien ! répondit Shay

avec un soupir. Tu n'as pas à encore t'inquiéter. Je vais bien. Clint est loin. Je sais que j'ai fait de la merde, mais il ne m'arrivera plus jamais quelque chose de ce genre. En ce qui me concerne, je n'ai aucune intention de sortir avec qui que ce soit. Pour le restant de mes jours.

— Shay, personne, vraiment personne, ne te juge pour ce qu'il s'est passé, alors arrête de dire que tu as fait de la merde.

Elle resta silencieuse un instant, puis un autre soupir traversa la ligne.

—Je sais que tu ne me juges pas, mais ça ne change pas le fait que je m'en veuille.

— Shay... commençai-je à dire.

Elle me coupa la parole.

— Je me débrouille, Remy. Je vais réussir à traverser tout ça, mais il faut que tu me laisses trouver mon propre chemin.

Le seul moment où j'avais remis en question mon choix de partir si loin était en pensant à ma sœur. Avant que je ne puisse dire quoi que ce soit, elle continua :

— Et si tu commences à me dire que tu regrettes d'être parti en Alaska, je te botte le cul. C'était la meilleure chose à faire pour toi après ce qu'il s'est passé. Et même si je t'aime, je n'ai pas besoin que tu sois dans mon espace à me surveiller. Tu sais que c'est exactement ce que tu ferais, donc ne mens pas, finit-elle avec un petit rire.

Je souris en entendant son rire, mais mon cœur souffrait. Je détestais ce qui était arrivé à Shay, mais je la connaissais bien. C'était une battante. Elle avait toujours été têtue et pleine de volonté quand on était petits. La seule fois où elle m'avait laissé l'aider et prendre les commandes était après le fiasco de son ex.

Je ne savais pas si, un jour, j'arrêterais de me demander si j'étais arrivé trop tard. Il y avait encore tellement de choses que j'ignorais sur ce qu'il s'était passé avant qu'elle n'atterrisse à l'hôpital.

Je secouai la tête pour me débarrasser de ces pensées et me concentrer sur l'instant présent.

— Je sais, petite sœur. Tu me dis que j'ai pas besoin de te donner d'ordre depuis que tu es née. Je suis content que Jackson soit là pour le faire à ma place.

Elle renifla en riant.

— Oui, parce j'adore ça. Bref, raconte-moi ce qu'il y a de nouveau chez toi. Dis-moi que tu t'es trouvé une nana.

Shay était tout aussi protectrice de moi que je l'étais d'elle. Après la mort de nos parents, ma copine de l'époque m'avait quitté. Pas juste après, mais quelques mois plus tard, en disant que j'étais distant et fermé.

Elle avait raison. J'étais à peine prêt à vivre, encore moins à être amoureux. Cheryl et moi, eh bien, on avait eu une relation confortable. La mort de mes parents avait mis en lumière le fait que ce n'était pas une relation très solide. On était restés ensemble par habitude et confort.

Même si Shay avait été dégoûtée par l'attitude de Cheryl, je comprenais parfaitement pourquoi elle m'avait quitté. Ça ne m'avait presque rien fait. Depuis ce moment-là, Shay m'avait laissé tranquille sur ma vie romantique, jusqu'à il y avait environ six mois. De nulle part, du moins de ce que je pouvais voir, elle avait décidé qu'il était temps que je tombe amoureux.

C'était une bonne raison de ne pas vivre trop près d'elle. J'étais certain que si elle vivait dans la même ville que moi, elle passerait son temps à me présenter des filles. Elle ne pouvait pas me voir sourire, mais je souriais.

— Je ne peux pas te dire que je suis tombé amoureux, mais je suis allé diner avec quelqu'un hier soir.

Le fait que je lui dise ça me surprit. Shay hurla si fort que je dus éloigner le téléphone.

— Redescends d'un cran, dis-je quand je remis le téléphone à mon oreille. C'était juste un diner.

En apparence, c'était vrai. Mais avec Rachel, c'était bien plus que ça. Elle jouait avec mon cœur. Ma queue avait une opinion très prononcée sur ce que j'aurais dû faire la nuit dernière. Un diner n'était pas assez.

— Je me fiche que ce ne soit qu'un diner. Le fait que tu sois sorti avec qui que ce soit est génial. Parle-moi d'elle.

Je ris et secouai la tête.

— Elle s'appelle Rachel, elle a un chien qui s'appelle Henry, et elle est très belle.

— Je me fiche de son physique, Remy. Est-ce que c'est quelqu'un de bien ?

Shay était aussi sentimentale qu'humainement possible. Je repensai au regard de Rachel quand nous étions proches, et mon cœur se serra. Même s'il y avait beaucoup de choses que je ne savais pas sur elle, je savais sans une once de doute que son cœur était pur.

— Oui, Shay, c'est quelqu'un de bien. C'était juste un diner.

— Promets-moi que tu vas lui laisser une chance, dit Shay, d'un ton plus doux.

Shay m'avait déjà donné son avis plusieurs fois sur le fait qu'elle pensait que je m'étais complètement fermé et refusais d'aimer qui que ce soit de nouveau. Elle avait raison, mais je n'avais pas l'intention de l'admettre. Pas à voix haute.

Ce que Rachel me faisait ressentir était déstabilisant, mais la force qu'elle dégageait était trop puissante pour que je l'ignore. Je ne savais pas ce qui allait arriver, mais je n'avais aucune intention de partir avant de savoir où ça pouvait mener.

— Je te promets, Shay.

— Quand est-ce que tu vas la revoir ?

— On joue à quoi, là ? Aux devinettes ?

— J'ai le droit à combien de questions ?

Je lâchai un grand rire en balançant ma tête en arrière, regardant ma machine à café qui bipait, me disant que le café était prêt. Téléphone en main, j'avançai vers la machine et pris une tasse dans le placard tout en parlant.

— Plutôt moins que plus. Je suis de garde les trois prochains jours, mais je lui ai dit que je l'appellerai quand je serai de repos. Ça te va ?

Elle hurla à nouveau.

— Oui !

— Très bien, il faut que j'y aille. Il faut que je me douche avant d'aller à la caserne. Dis bonjour à Jackson. D'acc ?

— Bien sûr. Je t'aime, Remy.

— Pareil.

# Chapitre Douze

# REMY

Plus tard cet après-midi-là, je posai la tronçonneuse, retirant mes gants en cuir et m'asseyant sur un arbre tombé. Ward me jeta une bouteille d'eau de là où il était assis, quelques mètres plus loin.

— Merci, mec, dis-je en acquiesçant avant de dévisser le bouchon et de vider la petite bouteille.

Comme c'était le printemps, il n'y avait pas beaucoup d'incendies à gérer, pas encore. On avait atterri dans une zone non loin, qui était très touchée par le scolyte de l'épinette depuis vingt ans. On prenait le temps de faire quelques feux contrôlés en espérant minimiser les feux de l'été s'ils se déclenchaient ici, créant plusieurs canaux dans la nature pour créer des barrages naturels. Quand ce qu'on coupait aurait séché un peu, mais avant que ce soit trop sec, on ferait des feux contrôlés. En attendant, on campait ici pendant trois jours. J'adorais ce genre de tâche. C'était dur et physique et ça me permettait de ne pas trop réfléchir.

En m'appuyant sur une main, je regardai vers l'horizon. De cette partie de l'Alaska, Denali, le sommet le plus haut de l'Amérique du Nord, était au centre de tous les paysages. Elle trônait au loin.

En regardant Ward, je dis :

— C'est une belle nature, mec.

Il me jeta une autre bouteille d'eau.

— Ça c'est sûr, dit-il en me lançant un sourire. J'adore cet endroit. Comment ça se passe pour toi, pour l'instant ?

— Comme je te dis, c'est magnifique.

Je ne parlais pas beaucoup de pourquoi j'avais déménagé ici avec mon équipe, mais Ward savait. Il savait parce qu'on s'était formés ensemble. Il savait que j'avais pris du retard dans ma formation à cause de la mort de mes parents. Une chose que j'aimais chez Ward, en tant que surintendant et en tant qu'ami, était qu'il n'insistait pas pour parler des problèmes. Il laissait les choses se faire, mais il était là si on avait besoin de lui.

Après quelques gorgées d'eau de plus, je continuai :

— Willow Brook est une chouette ville. Avec Anchorage pas loin, j'ai ma dose de grande ville. Mais j'aime bien les coins calmes, et Willow Brook est certainement calme.

— Attends l'été, dit Ward avec un gloussement. La population triple, si ce n'est plus. Comment va ta sœur ?

Sa question sembla presque anodine, mais je savais qu'elle ne l'était pas. Ward était attentif, il notait les détails, même s'il n'en parlait pas beaucoup.

Shay était venue me voir quand j'étais en Californie pour ma formation de pompier forestier, donc Ward l'avait rencontrée.

— Elle va bien.

D'autres gars arrivèrent pour se joindre à nous. On

finissait notre journée et il était temps de monter le camp. Ce n'était pas un terrain difficile pour faire du camping sur ces trois jours. Sur notre zone de transit, nous avions une grande tente pour dormir. Pendant la saison des feux, on était toujours en déplacement. Mais quand le sol était humide et qu'il n'y avait pas de risque d'incendie, on avait le plaisir rare de se faire un feu de camp ce soir-là.

Les gars discutaient d'un appel reçu à la station la nuit dernière, en plaisantant.

— Tu connais Carrie. Maintenant, elle a deux chats qui montent aux arbres. À un moment, est-ce qu'on va lui dire qu'elle n'a pas le droit d'en adopter un troisième ? demanda Jesse Franklin.

Beck gloussa.

— Nan. C'est facile de passer chez Carrie pour aider. Je préfère m'occuper d'elle plutôt que de ce connard de Bruce Stutton. Je suis juste vraiment content de ne pas avoir eu à m'occuper de lui.

— Il est sorti de prison ? demanda quelqu'un.

J'écoutais d'une oreille distraite, sans trop y penser.

Beck acquiesça, son regard se refroidissant avec un éclat de colère.

— Oh oui. Il a purgé sa peine et maintenant il est libre. Il s'est déjà trouvé une meuf. Il a mis un coup de poing dans un mur, et elle a appelé la police, ou du moins c'est ce que dit le rapport. Ils l'ont emmené, il a payé sa caution et il y est retourné le soir même. Ce qui me fait vraiment chier, c'est qu'on a vu comment il était avec Rachel, et je déteste savoir que ça va arriver à quelqu'un d'autre. C'est du grand n'importe quoi. Je ne comprends pas pourquoi des gars comme ça ont le droit de se mettre en couple.

Quand j'entendis le nom de Rachel, mes oreilles se

dressèrent. Ward secoua doucement la tête en levant les yeux au ciel.

— Je suis complètement d'accord avec toi là-dessus. Mais on vit dans un pays libre. Je ne pense pas qu'il y ait de loi qui t'interdise de sortir avec quelqu'un. J'espère qu'il va se faire arrêter pour un truc.

Beck hocha la tête.

— Rex n'était pas de garde, mais l'un de ses gars l'a mis en examen, même quand sa copine a essayé de revenir dessus plus tard.

— C'est qui, Bruce ?

Ma question me surprit. Habituellement, je gardais mes questions pour moi.

Ward me regarda.

— C'est un connard.

Beck ajouta son grain de sel.

— Il a déménagé ici il y a quelque temps. Tu connais Rachel, non ?

À mon hochement de tête, il continua.

— Elle s'est mise à sortir avec lui, et ça a mal tourné. C'était dur de voir comme ça s'est terminé. Elle a enfin réussi à s'en sortir, et il était vraiment dans la merde avec la police après que tout eut implosé. J'espérais que quand il sortirait de prison, il n'essaierait pas de revenir ici.

— Ça va ? demanda Ward.

Je n'avais pas réalisé que j'étais sur le point d'ex-ploser la bouteille en plastique que je tenais dans ma main jusqu'à ce que je voie ses yeux posés dessus.

Je détendis ma prise.

— Ça va. Ça me met juste hors de moi d'entendre des choses comme ça. Ma sœur a vécu quelque chose de similaire. Son ex l'a presque détruite. Les dégâts physiques sont déjà affreux, mais le reste est encore pire.

— Ta sœur va bien maintenant ? demanda Beck.

— Ouais. Son ex avait été condamné pour les violences, mais il s'est mis encore plus dans la merde pour une infraction de conduite en état d'ivresse, quand il y a eu un accident qui a tué deux personnes. Il est en prison pour très longtemps maintenant à cause de tout ça. Donc, ouais, j'en ai bien assez des connards comme ça.

— Carrément. Je comprends. Rachel est une bonne amie, et je n'aime pas penser que ce gars est en ville, ajouta Jesse. Je vais devoir le dire à Charlie. Elle voit Rachel tous les jours au boulot, et elles sont proches, donc elle voudrait peut-être savoir que Bruce est de retour en ville.

— Il a une mesure d'éloignement ?

Merde, mes questions continuaient de m'échapper. J'en savais bien plus que je n'avais envie de savoir sur la façon dont notre système de justice fonctionnait pour les femmes qui se retrouvaient dans ces situations. Tout était trop lent et ce n'était rien que des bouts de papier de ce que je voyais. Mais un document signé par un juge ne protégeait personne.

Jesse acquiesça.

— Ouais, un truc sur le long terme. D'après Rex, c'est pas facile à dégoter.

— Ouais, mais c'est rien qu'un putain de bout de papier, ajouta Beck.

Plus tard ce soir-là, alors que je m'étirais dans mon sac de couchage dans la nuit fraiche de printemps, je savais que dès que je serais à portée d'un ordinateur, je ferais des recherches sur ce gars. J'avais besoin de savoir exactement ce à quoi il ressemblait. Ça me déchirait de penser que quelqu'un avait fait du mal à Rachel. Ça me faisait me poser des questions sur les ombres que j'avais vues passer dans ses yeux.

Je m'endormis en pensant à la profonde envie de la
protéger que je ressentais, en me disant que c'était
peut-être trop intense comparé au peu de temps que
j'avais passé avec Rachel.

# RACHEL

Mon pouls battait à un rythme régulier alors que mes pieds battaient le sol. J'évitai un caillou et souris quand je vis Henry s'arrêter sur le chemin devant moi, sa queue battant follement.

Henry adorait courir avec moi. Enfin, je ne savais pas si c'était le fait de courir avec moi particulièrement. Il adorait être dehors, quelle que soit la raison. Coup de bol, c'était la première fois que j'avais à la fois le temps d'aller courir et que la météo le permettait, depuis la fois où j'étais tombée sur Remy. Ma chute glorieuse dans la boue.

Il y avait encore beaucoup de boue, mais ça ne me dérangeait pas, et je sautai par-dessus une flaque en maintenant mon rythme. L'air était frais et lourd d'une odeur printanière. Les rayons du soleil traversaient les arbres, dessinant de jolis motifs sur le chemin.

Quand je rejoignis enfin Henry au bout du circuit, j'étais couverte de sueur, fatiguée et ravie. Pendant l'hiver, je devais me contenter du vélo elliptique, donc c'était toujours agréable de pouvoir retourner dehors.

Je ralentis en arrivant près du début du chemin, me

mettant à marcher et accrochant la laisse d'Henry à son collier. Je préférais ne pas le laisser vagabonder quand on allait vers le parking, juste au cas où une voiture passait sur la route. Le chemin de course était au bord de l'une des autoroutes qui menaient à Willow Brook.

Henry me chatouilla le genou quand on arriva à la voiture. Je tendis le bras vers le siège arrière pour lui attraper sa gamelle d'eau de voyage, la remplissant rapidement avec l'eau que j'avais dans ma gourde, dans mon sac à dos. Alors qu'il buvait son eau, je levai la tête en entendant une voiture entrer lentement sur le parking. Quand mes yeux se posèrent sur le conducteur, mon cœur s'arrêta et je me retrouvai immobilisée de peur. Mon estomac se retourna et je me sentis malade.

Bruce, l'homme qui hantait mes nuits, qui avait réduit mon estime de moi en cendres et qui m'avait fait me demander si j'étais complètement stupide, était derrière le volant. Il baissa sa fenêtre et vint s'arrêter derrière ma voiture, m'empêchant ainsi de partir.

Avant que Bruce n'entre dans ma vie, je n'aurais jamais remarqué un détail comme celui-ci. Mais j'avais appris, de façon douloureuse et brutale, qu'il était important de faire attention à tous les petits détails.

Bruce me fixa du regard, un air vide sur le visage. Ses cheveux marron étaient coupés courts sur son crâne, et ses yeux bleus brillaient. Je n'arrivais pas à croire que je l'avais un jour trouvé beau. Mes pensées revinrent à la dernière fois où je l'avais vu. C'était au tribunal quand il avait signé un accord de plaidoyer pour m'avoir attaquée, l'une de ses pires attaques. Avant ce moment-là, dans les six mois de notre courte relation, il avait été plus vicieux et stratège. Il n'avait laissé de bleus que sur mes bras ou mes jambes. Une fois sur mon ventre, quand il m'avait cognée dans les côtes.

Mais cette dernière fois, il m'avait mis un coup de poing dans la mâchoire, me laissant un sacré bleu sur tout le visage. J'étais prête à témoigner et j'avais été très déçue quand ils lui avaient proposé de plaider coupable pour une peine amoindrie. Un an en prison, et un an de mesure d'éloignement quand il sortirait. J'étais censée être réconfortée par le fait qu'il aurait trois ans de sursis en sortant à cause de ses antécédents de violence, bien avant qu'il ne m'agresse.

Je me trouvai gelée de l'intérieur quelques instants. Heureusement, une colère froide me traversa pour prendre l'espace offert par ma peur.

— Éloigne-toi de moi, dis-je enfin.

Je vis le poil d'Henry se hérisser, et un grognement grave lui échappa.

— Je suis loin d'être à côté de toi. Je n'avais même pas réalisé que c'était toi, dit Bruce d'un ton grave, une menace que je connaissais bien trop intimement bouillonnant à la surface.

Il releva sa fenêtre et partit. Je restai là, la peur revenant à la seconde où ma colère disparut. Je bougeai rapidement, mes mains ramassant la gamelle d'eau et jetant le peu d'eau qu'il restait sur les graviers.

Henry sentit ma détresse et suivit le véhicule de Bruce du regard alors qu'il disparaissait sur la route. Il s'approcha de moi, son corps réchauffant ma jambe. Mes genoux tremblaient et j'arrivais à peine à respirer.

Après tout ce qui s'était passé, je me rappelais avoir demandé à une amie : « Comment est-ce que j'ai pu ne rien voir venir ? » Elle m'avait rappelé l'évidence. Si les hommes violents montraient leur vrai visage dès le début, ils n'auraient jamais l'opportunité de faire de mal à qui que ce soit. Ça m'avait froidement réconfortée, même si j'avais lentement compris que je n'étais qu'une femme parmi des millions et des millions. Rien d'autre qu'une statistique.

D'une certaine façon, c'était rassurant. D'une autre, c'était déprimant si je me laissais y réfléchir trop longtemps. Je n'avais envie que d'une chose : pleurer.

Je pris une respiration tremblante et soufflai. Après qu'ils eurent mis Bruce en prison, je n'avais envie que d'une chose et c'était d'être seule. La joie de ne plus vivre dans la peur était si pure que c'en était déstabilisant. Même maintenant, j'étais encore sous le choc de voir comment six mois d'une relation avaient changé ma vie pour toujours.

Dès que Bruce avait été mis en prison, j'étais allée au refuge animalier et j'avais ramené Henry à la maison. Henry était devenu bien plus qu'un chien de garde. C'était mon meilleur ami. Rien que là, mon chien d'habitude fou restait immobile pour me laisser absorber sa force.

Quelques minutes de plus s'écoulèrent avant que mon corps ne cesse de trembler et que le reste de ma peur s'évapore, puis je regardai Henry.

— On y va ?

Il lécha mon genou en guise de réponse, sa queue battant contre ma cuisse.

Une fois Henry installé à l'arrière, je montai sur le siège conducteur et fermai immédiatement les portières. J'étais passée de couverte de sueur et bouillonnante à gelée et moite. J'avais si froid que je sentais mes frissons dans mes os.

Je mis le chauffage en me demandant où Bruce était allé. Je me demandais si je devais appeler la police. Quoi que Bruce dise, je ne le croyais pas. J'aurais dû savoir qu'il viendrait me trouver dès qu'il sortirait de prison.

J'étais confuse cependant, car j'étais censée recevoir une notification pour sa date de libération. J'avais arrêté de compter les jours, parce que je ne voulais pas le laisser dicter ma vie. Avant de partir, je regardai le calendrier sur mon téléphone. Sa date de sortie originelle était dans plusieurs semaines.

Comme si j'étais sur autopilote, je conduisis vers le centre-ville. Sans réfléchir, je me trouvai sur le parking du Firehouse Café. Ça ne me surprit pas. Dès que j'étais perdue, passer quelques minutes avec Janet James, la propriétaire du café et une vieille amie de la famille, me calmait. L'ancienne caserne de pompiers de la ville, un bâtiment historique et carré, avait été transformée en un café et une boulangerie de nombreuses années auparavant. L'ancien garage créait une zone assise pour les clients, avec une boulangerie ouverte et une cuisine dans la pièce arrière.

En passant la porte, je reconnus l'environnement familier qui calma la tension nouée dans ma poitrine. Il y avait des fleurs d'épilobe peintes sur toutes les anciennes barres de descente au centre de la pièce, ces éclats de couleur vifs créant un lieu joyeux et chaleureux. Les tables sur le côté accueillaient quelques clients, et je soupirai de soulagement quand je vis Janet refaire le plein de viennoiseries dans la vitrine près du comptoir.

Les yeux marron de Janet se plissèrent avec un sourire quand elle me vit.

— Salut Rachel, qu'est-ce qui t'amène ici à cette heure ?

Je m'arrêtai devant le comptoir, posai mes mains sur le bord arrondi et lisse et ouvris la bouche, mais rien ne sortit.

— Ça va ? demanda Janet en retour, fermant la vitrine et posant son plateau maintenant vide.

Ses cheveux sombres étaient librement striés de mèches argentées et noués en une tresse. Elle écarta sa tresse de son épaule en me regardant, plissant les yeux d'inquiétude.

Je soupirai.

— Pas vraiment. Je viens de voir Bruce. Je ne savais pas qu'il était de retour en ville.

Je n'eus pas besoin d'en dire plus, car Janet connaissait toute cette histoire sordide et gênante. Elle fit le tour du comptoir, passant sa main autour de mon coude et m'emmenant vers l'arrière-cuisine. Une fois qu'on se trouva hors de vue des clients, elle me prit dans ses bras. Janet était chaleureuse et ronde, et l'une des meilleures personnes au monde en termes de câlin réconfortant. Elle me serra fort puis recula.

— Tu vas directement à la station de police et tu en parles à Rex, dit-elle fermement.

— Peut-être que je réagis de façon exagérée...

Janet secoua la tête.

— Absolument pas. Si tu ne lui en parles pas, je le ferai.

En plongeant dans ses yeux chaleureux, je réussis à enfin prendre une profonde inspiration.

— D'accord.

Le son de la cloche au-dessus de la porte d'entrée du café arriva jusqu'à nous.

— Il faut que tu retournes travailler, dis-je quand Janet resta immobile, une main sur mon épaule.

— Ça attendra. Tu veux du café ? Quelque chose à manger ?

Je mordis l'intérieur de ma joue et souris doucement.

— Non, ça va. J'ai juste besoin de respirer quelques minutes. Retourne travailler.

Janet hésita jusqu'à ce que je lui donne un petit coup d'épaule.

— Allez. Je promets que je vais voir Rex tout de suite.

Quelques minutes plus tard, je me garai devant la caserne de Willow Brook. Je restai assise dans ma voiture un instant, en me demandant encore une fois si ma réaction était démesurée. Je n'arrivais pas encore à décider quelle était la pire partie du fait de se retrouver dans une relation abusive. Les doutes constants sur son propre esprit et les remises en question éternelles étaient sans doute les aspects les plus envahissants. Ça pénétrait chaque coin de ma vie, me poussant à douter de chaque instant, même pour des décisions simples et sans conséquences. À l'instant, je continuais de me demander si c'était un hasard que Bruce soit passé par là et si m'inquiéter était une réaction dramatique.

Mon instinct me disait l'inverse, me hurlait l'inverse.

Le visage amical d'Henry flottait au-dessus de moi dans mon rétroviseur : noir et sable, avec des yeux honnêtes. En tendant le bras en arrière, je caressai sa tête et il lécha ma main. Je cessai enfin de trembler et pris quelques lentes inspirations pour me calmer.

Je me rappelai soudain que Remy avait dit qu'il m'écrirait. J'avais fait de mon mieux pour ne pas être trop curieuse, mais le fait que Charlie soit mariée à Jesse, un autre pompier, était assez pratique. Je pouvais tirer quelques informations sur les emplois du temps de l'équipe sans même avoir à poser de questions.

C'est comme ça que j'avais appris que l'équipe de Remy était partie en forêt trois jours pour faire du nettoyage dans une zone à risque. Remy et Jesse faisaient partie de la même équipe, ce qui était particulièrement pratique. Je me demandai s'ils étaient déjà de retour et si je le verrais.

Remy occupait mes pensées depuis des jours, il m'avait fait jouir comme personne dans ma vie. L'envie d'être proche de lui me noyait presque dès que je pensais à lui.

Ajouté à ça, il y avait un sentiment de sécurité que je ressentais quand j'étais avec lui. Et là, tout de suite, j'avais envie de le trouver et de plonger en lui. L'émotion s'empara de ma gorge. Je détestais ce qu'il s'était passé avec Bruce. C'était humiliant et je ne voulais pas que Remy sache ça de moi.

Dans une petite ville comme Willow Brook, que j'adorais la plupart du temps, je ne pourrais pas cacher cette horrible partie de mon passé longtemps. Surtout pas maintenant que Bruce était de retour en ville. Une autre vague d'émotions s'écrasa sur moi, et je déglutis, la gorge serrée.

*Je t'interdis de pleurer pour lui. Il t'a déjà fait assez de mal comme ça.*

Après une autre inspiration tremblante, Henry passa sa tête entre les deux sièges avant et la posa sur mon épaule. Alors que je me demandais si je pouvais simplement faire demi-tour et repartir, la porte de la caserne s'ouvrit et Maisie Steele me fit coucou de la main.

Elle avait sans doute vu ma voiture. Je baissai la fenêtre pour Henry, rassemblant tout mon courage avant de sortir.

— Salut, lançai-je.

— Je t'ai vu te garer, répondit-elle. Quoi de neuf ?

J'arrivai à ses côtés et me forçai à sourire, mais j'avais envie de pleurer.

— Hé, qu'est-ce qui ne va pas ? demanda-t-elle, son bras arrivant sur mon épaule alors qu'elle tournait pour nous emmener toutes les deux vers la porte.

J'étais soulagée qu'il n'y ait personne d'autre dans la zone d'accueil. Rien que quelques chaises vides et la « station de contrôle » de Maisie, comme elle aimait l'appeler. Maisie était une bonne amie et gérait les appels d'urgence de la station. Le centre de traitement des appels de Willow Brook était le nerf central des potins de la ville et Maisie savait tout ce qu'il se passait partout. Elle était de garde la nuit où j'avais enfin appelé la police pour me protéger de Bruce l'année dernière.

Elle garda son bras sur mon épaule, s'arrêtant près du comptoir qui entourait son bureau. Ses grands yeux marron étaient pleins d'inquiétude et me regardaient.

— Qu'est-ce qu'il se passe ? répéta-t-elle.

L'un des aspects positifs du fait que je puisse être si autoritaire, au besoin, était que je pouvais me réveiller moi-même dans des moments comme celui-ci. Je secouai la tête.

— Ce putain de Bruce est sorti de prison, lâchai-je en plongeant dans la colère qui tournait en moi.

Elle écarquilla encore plus les yeux.

— Quoi ?

— Le système de prévention ne m'a rien dit. J'ai vérifié mon calendrier, et sa date de sortie était censée être dans plusieurs semaines. Peut-être que je suis ridicule, mais j'ai décidé de prévenir Rex du fait qu'il a débarqué dans le parc où je vais courir avec Henry.

Maisie secoua la tête, ses boucles brunes rebondissant avec le mouvement.

— Je suppose qu'ils ont dû le lâcher en liberté anticipée à cause de la surpopulation des prisons, ce qui est débile si tu me poses la question, ou pour comportement exemplaire. Je ne peux pas quitter l'accueil, mais va parler à Rex tout de suite, dit-elle, tirant un peu sur mon épaule et me dirigeant vers la porte qui menait à la station de police.

— Tu es sûre que je ne surréagis pas ? demandai-je.

— Bien sûr que non, dit Maisie fermement, pendant que le téléphone de la station sonnait.

— Il faut que je réponde, je suis de garde. Va voir Rex, dit-elle en faisant rapidement le tour de son bureau. 911, quelle est votre urgence ?

Sa question résonna derrière moi alors que je passais la porte vers un petit couloir. Rex Masters était le chef de la police à Willow Brook, et ce depuis des années. Son fils, Cade, était l'un des surintendants des pompiers forestiers. J'étais proche de Cade et de la fille de Rex, Ella, depuis nos années lycée. Rex était un peu comme un membre de la famille, ce qui n'avait rendu la tâche que plus difficile quand je m'étais retrouvée dans cette situation de merde avec Bruce.

Encore une chose pour laquelle la vie ne m'avait pas préparée quand j'étais tombée dans ce désastre. Je me considérais comme une femme forte, intelligente et indépendante, mais, en l'espace de quelques mois, je m'étais retrouvée terrifiée à l'idée de dire ce qu'il se passait à qui que ce soit et je n'avais aucune idée de comment me sortir de la situation dans laquelle je m'étais retrouvée.

En y repensant, aussi horrible qu'ait été la violence de Bruce cette nuit-là, ça avait été un cadeau. Ça m'avait forcée à demander de l'aide.

# Chapitre Quatorze

# RACHEL

Je frappai doucement à la porte de Rex. Rex leva la tête et me lança un sourire.

— Rachel, dit-il, en me faisant signe d'entrer.

Ses cheveux étaient de plus en plus grisonnants ces temps-ci. Son visage marqué et son sourire heureux me rassuraient. Quoi qu'il arrive, Rex dégageait toujours un air de confiance, comme s'il s'assurerait lui-même que je sois en sécurité.

Pendant un instant, j'hésitai à laisser la porte ouverte, mais je ne voulais pas que qui que ce soit puisse entendre notre conversation. Je fermai la porte derrière moi et m'installai sur l'une des chaises devant son bureau. Il retira les lunettes posées sur son nez. En frottant ses yeux, il sourit à nouveau, regardant ses lunettes.

— J'ai dit à Georgie que je n'en avais pas besoin. Elle s'est moquée de moi, et je dois avouer qu'elle avait raison. Bref, j'avais prévu de t'appeler aujourd'hui.

— Bruce est en liberté.

Le simple fait de dire son nom à voix haute lâcha

un frisson de peur en moi. Je repoussai ce sentiment, m'accrochant à ma colère.

Rex soupira.

— Comme je disais, j'avais prévu de t'appeler aujourd'hui. J'étais en ville ce matin, mais quand je suis revenu ici, j'ai vu un rapport qui disait que Bruce avait été arrêté pour une autre attaque. Je ne savais même pas qu'il avait été libéré, encore moins qu'il était en ville. Je dois appeler la prison, mais je suppose qu'il a été libéré dans les dernières semaines. Je ne pense pas qu'il soit arrivé à Willow Brook plus tôt que la semaine dernière. Quelqu'un l'aurait vu.

— J'ai une mesure d'éloignement à long terme. Je l'ai vu aujourd'hui. Il est arrivé dans le parc où je vais courir quand il fait beau. Je ne sais pas si je surréagis, mais je suis presque sûre qu'il savait exactement où j'étais. Il a essayé de faire comme si c'était juste un accident.

Mon estomac se noua.

— Je ne sais pas comment j'ai pu ne pas être mise au courant. J'étais censée être inscrite pour ce système d'alerte.

Rex hocha la tête.

— Le gars qui me remplaçait ce matin ne connaissait pas le dossier. Ils l'ont arrêté, mais il a payé sa caution le soir même. Je suis désolé, Rachel. Si j'avais su ça à l'avance, je t'aurais appelé immédiatement. C'est un coup de malchance que ce soit arrivé quand je n'étais pas là.

J'avais envie de pleurer et de hurler en même temps. Je repoussai ma peur depuis un an puisque Bruce était en prison. Les six mois que j'avais passés avec lui étaient une présence sombre, écrasante dans ma vie. Je détestais ça. Ça avait tout changé, moi y compris. Je n'aurais jamais pu imaginer me retrouver dans une histoire aussi désastreuse.

M'accrochant encore à ma colère, je soutins le regard de Rex.

— Je ne sais vraiment pas pourquoi il est revenu à Willow Brook. Tu peux le verbaliser pour ne pas avoir respecté la mesure d'éloignement ?

— Je peux essayer, ça oui. Le juge du district doit approuver la demande, mais je vais faire de mon mieux. Dis-moi exactement ce qu'il s'est passé, dit-il.

Il fit tourner sa chaise, passant sur son ordinateur portable posé sur le plateau tournant devant lui.

— Je vais taper le rapport tout de suite et appeler le juge avant que tu ne partes.

Je dis à Rex ce qu'il s'était passé. Il voulait aider, mais n'était pas certain que ce serait assez.

— Dans tous les cas, ça me donne une bonne excuse pour aller voir Bruce. Si le juge d'instruction accepte de poursuivre les charges d'accusations, on le fera, bien évidemment. Mais s'il refuse, ce sera parce que Bruce dit que c'était accidentel. Je lui expliquerai que s'il insiste, il sera arrêté.

Rex regarda son ordinateur puis me regarda à nouveau.

— Écoute, les gars comme lui, ils essaient encore et encore et encore. Quand j'ai entendu pourquoi il avait été arrêté en rentrant aujourd'hui, j'espérais que ça voulait dire qu'il allait te laisser tranquille. Vu son passé avant que vous vous rencontriez, il n'a pas l'habitude qu'une femme se débarrasse de lui si vite. Je ne dis pas que je suis content qu'il cogne sur quelqu'un d'autre. Mais je déteste l'avoir vu te faire ça à toi.

Je pris une petite respiration, réalisant que j'avais planté mes ongles dans ma paume. Je détendis mon poing, pliant et dépliant les doigts.

— Je la connais ?

Rex secoua la tête.

— Je ne crois pas.

Je mordis le coin de ma lèvre, soupirant lentement.

— Laisse-moi appeler le juge tout de suite, OK ?

Je hochai la tête, et Rex prit le téléphone. Il résuma rapidement son rapport, acquiesçant à ce que disait le juge, avant de raccrocher.

— Je ne suis pas surpris, mais elle pense qu'il faut qu'on laisse passer pour cette fois. Ça appelle à une conversation. Comme ça, quand ça arrive à nouveau, on peut expliquer qu'on lui a donné une chance de comprendre les conséquences que ça aurait. Je vais le trouver tout de suite, dit Rex en se levant de sa chaise.

Alors qu'on quittait son bureau, il regarda en arrière.

— Je sais que tu aimes bien gérer les choses toi-même, donc merci d'être venue me voir. On va s'oc-cuper de ça avant que ça ne devienne quoi que ce soit.

Sur ces mots, il me salua et traversa le couloir vers l'arrière de la station. Je retournai à l'accueil, faisant un simple signe de la main à Maisie, car elle était au télé-phone. Elle leva immédiatement la main, me faisant signe de venir à son bureau.

Alors que j'arrivais à son niveau, elle mit fin à son appel et retira son casque.

— Hey, comment ça s'est passé ?

— Rex va aller parler à Bruce. Je n'arrive pas à le croire, mais il a été arrêté il y a quelques jours.

Maisie soupira et hocha la tête.

— Je viens de comprendre ça. L'appel est arrivé quand je n'étais pas de garde. J'avais pourtant écrit à toute la caserne de me prévenir s'il y avait un appel à propos de Bruce, même quand j'étais en congé.

— Ce n'est pas... commençai-je à dire.

Ses boucles rebondirent quand elle secoua la tête.

— Je n'arrive pas à croire que je ne l'ai pas su. Tu ne peux pas me dire quoi faire, donc fais avec. J'ai appelé Beck et je l'ai engueulé. Ils viennent d'atterrir, et il a dit qu'il a reçu la nouvelle pendant leur sortie.

Le côté protecteur de Maisie me donnait envie de pleurer. J'avais de bons amis et c'était une chance.

— Ça fait plus d'un an qu'il a été arrêté, dis-je enfin. Je suis sûre que j'aurais fini par savoir qu'il était libre. Même si je ne voulais pas vraiment savoir. Je veux juste qu'il quitte cette ville.

La porte arrière s'ouvrit, et Beck, le mari de Maisie, arriva.

— Je ne savais pas avant ce weekend, et on était au milieu de nulle part, dit-il immédiatement, son regard passant de Maisie à moi.

— Ça va, Beck. C'est la vie, répondis-je.

Beck posa son coude contre le bureau.

— C'est quand même pourri. Crois-moi, toute la station de police et la caserne sont au courant maintenant. S'il y a un appel, on saura.

Maisie lui lança un sourire tandis que Beck faisait le tour du bureau pour lui faire un bisou sur la joue. Avant que Maisie n'emménage ici, j'aurais été choquée de voir Beck se caser. Mais c'était un vrai homme de famille maintenant. Il adorait Maisie, et ils avaient déjà deux enfants en bas âge.

Alors que Beck se redressait, la porte arrière s'ouvrit à nouveau. Cette fois, Remy entra. J'étais une tornade d'émotions à l'intérieur. La brûlure de l'adrénaline pompait encore dans mes veines, et la colère à laquelle je m'étais accrochée pour ne pas m'effondrer en larmes était encore vivace.

Au milieu de tout ça, la vue de Remy électrifia mon corps. Ses cheveux blond sombre étaient d'un or brûlé, ses yeux verts brillaient en traversant mon visage. Il semblait surpris de me voir. Alors que je ne rêvais que de me jeter dans ses bras et d'oublier tout le reste.

# Chapitre Quinze

# REMY

Rachel était à côté de l'accueil de la caserne. Même si j'avais un public, je n'arrivais pas à la quitter des yeux. Elle était tellement sexy et belle. Ses cheveux brillants étaient tirés en queue de cheval, ses joues rosies et ses yeux lumineux. Elle portait un T-shirt et un legging de sport.

Je supposais qu'elle revenait d'un jogging. Quand je la regardai un peu plus longtemps, je compris qu'elle avait pleuré. Un mélange de colère et de vulnérabilité était contenu dans son regard avec une touche de désir qui apparaissait dans les profondeurs de notre échange silencieux.

La voix de Beck me sortit de ce silence lourd entre nous.

— Bon, je vais à l'arrière. Tu finis à quelle heure ? demanda-t-il en regardant Maisie.

Quand je leur jetai un coup d'œil, le regard curieux de Maisie rebondissait entre moi et Rachel. Avec un temps de retard, elle se tourna vers Beck.

— Dans une demi-heure. Tu m'attends ou tu rentres ? Max et Carol sont chez ta mère.

C'était maintenant au tour de Beck d'offrir une réponse tardive, alors qu'il nous lançait un regard curieux. Il était évident qu'ils avaient tous les deux remarqué quelque chose entre nous. Ses yeux revinrent vers Maisie.

— J'irai les chercher et je te retrouve à la maison. D'acc ?

Quand elle hocha la tête, il se pencha pour l'embrasser rapidement, mais avec passion. Cet homme était tellement dingue de sa nana, c'en était presque ridicule. Les gars de la caserne se moquaient de lui en permanence, et il s'en fichait complètement. Selon la rumeur, à une époque, Beck était un tombeur. Mais j'avais du mal à le croire. Beck adorait Maisie et était un père très impliqué. Je ne l'avais jamais entendu se plaindre du fait d'avoir deux bébés dans la maison.

En se redressant, il nous jeta un sourire, à Rachel et moi.

— À plus, lança-t-il avec un salut de la main avant de passer la porte du fond.

À ce moment-là, coup de bol, le téléphone de la caserne sonna. Maisie répondit rapidement, passant en mode boulot.

Rachel s'éloigna du bureau.

— Je passais juste. Je...

Elle laissa sa phrase en suspens, et je brisai le silence.

— J'étais sur le point de t'écrire. Diner ce soir ?

Elle écarquilla les yeux avec un petit sourire et ses joues rosirent. Bon sang. J'avais envie de l'embrasser comme un fou.

— Euh, d'accord. Tu veux aller où ?

— Dis-moi où et je viendrai te chercher.

La vérité était que je me fichais complètement de ce qu'on faisait. Tout ce que je voulais, c'était passer quelques heures avec Rachel. Enfin, en vérité, je voulais plus que ça, mais je prendrais tout ce qu'elle me donnerait.

Pourtant, je sentais que quelque chose n'allait pas, et j'avais envie de savoir ce qui la mettait dans cet état.

— Si ça ne te dérange pas, je n'ai pas vraiment envie d'aller en ville. Je te ferai à diner. Henry adore avoir de la visite, ajouta-t-elle.

— Dis-moi une heure.

Son regard se dirigea vers l'horloge au-dessus de la porte d'entrée de la caserne.

— Dix-huit heures ?

— Je serai là.

À ce moment-là, une voiture arriva sur le parking. Rachel tourna la tête pour regarder par la fenêtre. Elle sursauta visiblement, puis resta immobile, à fixer la fenêtre.

*C'est quoi ce bordel ?*

La voiture s'arrêta brusquement, avec un mouvement de rebond. L'homme qui la conduisait coupa le moteur avec violence. Alors qu'il sortait de la voiture, Rex arriva avec son propre véhicule sur le parking, gyrophare allumé, et s'arrêta derrière la voiture qui venait d'arriver en trombe.

L'homme en question se tourna vers Rex alors qu'il sortait de la voiture de police, levant sa main, le majeur levé. Je ne pouvais expliquer comment je le savais, mais je voyais bien que la réaction de Rachel était unique à cet homme. Je ne réfléchis même pas et me tournai vers elle, enroulant ma main sur la sienne.

— Viens, allons à l'arrière.

Un tremblement grave habitait son corps, et j'avais envie de la prendre dans mes bras. Même si les détails m'échappaient, mon instinct me disait que cet homme lui avait fait du mal.

Alors que je me tournais vers l'arrière, je croisai le regard de Maisie. Elle me dit « merci » sans faire un son.

Je fus soulagé quand Rachel me suivit simplement. Elle ne dit rien pendant que je lui ouvrais la porte et que je lui faisais traverser le couloir. Vers la moitié du couloir, Beck sortit de son bureau, nous faisant signe d'entrer. Je supposais que Maisie lui avait envoyé un SMS.

Dès que la porte fut fermée, Rachel s'effondra sur une chaise qui entourait une petite table ronde et plongea son visage dans ses mains. Le son de son souffle irrégulier remplissait la pièce. J'avançais un peu à l'aveugle, mais je m'assis sur une chaise en diagonale d'elle.

— Ça va ?

Elle resta silencieuse une minute avant de lever la tête, les yeux pleins de larmes.

— Ça va. Ça va, putain !

Sa colère était vive, une force dans cette pièce.

— Ce connard sur le parking est la plus grosse erreur de ma vie. Je sais qu'on se connait à peine...

Elle s'arrêta quand je secouai la tête.

Je répondis à la question posée dans ses yeux.

— On se connait à peine. Avant la semaine dernière, je te considérais comme une amie, même si je ne te connaissais pas très bien. Mais, maintenant, je sais ce que tu ressens. Ne fais pas comme si je ne savais pas, dis-je, avec des mots plus durs que ce que j'avais prévu.

Rachel ouvrit et ferma la bouche, les joues rougissantes.

— D'accord. Ce que je voulais dire, c'est que tu ne sais pas dans quelle merde j'ai fini. Ce connard sur le parking...

Elle s'arrêta pour désigner l'avant de la station.

— ... m'a tabassée, et il vient de sortir de prison.

Une furie me traversa, mais je la retins. Je ne savais pas de quoi Rachel avait besoin à l'instant.

— Tu as clairement fait tout ce que tu avais à faire pour qu'il ne soit pas dans ta vie, dis-je d'une voix grave.

Ça me tuait de voir la douleur qui se mélangeait à la colère dans ses yeux. J'avais envie de la prendre dans mes bras. J'avais envie de lui faire l'amour, et j'avais envie d'effacer toute trace de ce connard de la surface de la planète. Ces pulsions conflictuelles étaient emmêlées en moi dans une tornade d'émotions.

— Je lui botterai le cul pour toi.

En réfléchissant au fait que nous étions dans une station de police, je n'allais pas m'en tirer si je mettais un coup de poing à ce connard, pas tout de suite, mais ça ne changeait rien au fait que je serais heureux de le faire pour Rachel.

Un sourire amer traversa son visage, et elle secoua la tête doucement.

— Nan. Il ne mérite pas toute cette énergie. Tu peux me rendre un service ?

— Tout ce que tu veux.

— Je ne veux pas partir avant qu'il soit parti, mais je ne veux pas sortir vérifier si sa voiture est encore là. Est-ce que tu peux vérifier ?

En appuyant sur le bouton du micro, j'appelai Maisie sur la ligne interne. Elle le verrait comme un appel venant du bureau de Beck, mais c'était sans doute un avantage pour moi.

Prouvant ma théorie, elle répondit rapidement.

— Hey ! On a un problème...

Je la coupai.

— C'est Remy.

— Oh pardon, je ne voulais pas être malpolie. Je croyais que c'était Beck.

— C'est ce que je me suis dit. Je suis dans son bureau avec Rachel. Et tu es sur haut-parleur. Peux-tu nous prévenir quand ce connard est parti ?

— Oh, Dieu merci. Ça va, Rachel ?

Rachel soupira.

— Ça va.

— Très bien. Eh bien, Rex lui parle là. Dès qu'il s'en va, je te préviens. Oh, attends. Il est déjà en train de monter dans sa voiture.

———

Quelques heures plus tard, j'arrivai devant la maison de Rachel. Je digérais encore les évènements de la caserne. Après que Maisie nous avait prévenus que Bruce partait, j'étais sorti pour vérifier qu'il était bien parti. Rex avait assuré à Rachel que si Bruce s'approchait d'elle encore une fois, il l'arrêterait et que le juge poursuivrait les charges d'accusation.

Je n'avais pas eu envie de laisser Rachel seule, mais son expression était passée proche de la mutinerie quand j'avais suggéré de la suivre jusque chez elle. J'avais dû retenir ma langue et résister à l'envie de la suivre contre sa volonté. Au moment où elle était partie, j'avais foncé vers le bureau de Rex pour connaitre le contexte.

Rex avait hésité à me donner les détails puis il m'avait regardé un moment.

— Bon, je crois que j'ai pas besoin de trop m'inquiéter.

Je me fichais de réfuter ce qu'il suggérait.

J'entendis Henry aboyer à travers la porte alors que je montais les marches de sa maison, j'étais vraiment soulagé qu'elle ait un chien. Je savais qu'il ne laisserait personne arriver ici sans faire un boucan fou. Après avoir entendu Rachel dire à Henry de se taire, la porte s'ouvrit. Elle avait les cheveux détachés, tombant sur ses épaules, un brun brillant qui me donnait envie d'y passer la main et de l'embrasser, ici, tout de suite.

C'était plus que juste ses cheveux qui me donnaient envie de l'embrasser. Ses lèvres étaient très tentantes, avec cette lèvre inférieure charnue et la petite courbe de son sourire quand elle me vit.

— Salut, entre. Henry devient fou s'il ne peut pas dire bonjour.

Ah oui. Henry. J'adorais les chiens, mais dire bonjour à Henry n'était pas aussi haut sur la liste de mes priorités que l'envie d'embrasser Rachel.

Mais je souris et passai la porte avant qu'elle ne la referme derrière moi. En m'agenouillant, je laissai Henry faire le tour de mon corps, sa queue rebondissant contre mon dos alors que je lui caressais la tête.

— Salut toi, dis-je avant de me relever.

Il traversa la pièce au trot, attrapant une corde multicolore qu'il jeta en l'air avant de la rattraper.

Rachel rit.

— Il s'occupe tout seul. Viens par là, dit-elle, désignant la cuisine alors qu'elle partait dans cette direction.

Ses cheveux étaient mouillés, et je supposais qu'elle n'avait pas eu le temps de se doucher après son jogging. J'étais un peu déçu de voir qu'elle ne portait plus son T-shirt moulant et son legging.

Non pas que je puisse me plaindre de ce qu'elle portait maintenant. Elle avait quitté ses vêtements de sport pour une jupe en coton moulante et un T-shirt à manches longues. Ses seins tiraient sur le coton et complimentaient parfaitement le col en V. Elle était pieds nus et ses doigts de pieds étaient peints en violet brillant. Il y avait quelque chose dans cette couleur surprenante qui me fit sourire.

Elle désigna l'un des tabourets à côté du comptoir.

— Assieds-toi, j'ai presque fini. Tu veux une bière, du vin ou autre chose ?

— Je veux bien une bière.

En ouvrant le frigo, elle regarda par-dessus son épaule.

— J'ai du choix, dit-elle avant de me faire une liste de trois options.

— Je veux bien la plus brune que tu aies, répondis-je.

Quelques secondes plus tard, elle me tendit une bouteille ouverte et se tourna pour s'occuper de quelque chose sur le feu, ajustant la puissance du gaz.

En accrochant mon pied sur les jambes du tabouret et prenant une gorgée de ma bière, je lui demandai :

— Tu aimes cuisiner ?

— Oh, j'adore ça. Je ne serai jamais quelqu'un de mince ou qui fait un régime, j'aime trop la nourriture.

— Quoi que tu fasses, ne change rien, murmurai-je, en me disant que ce serait vraiment triste si Rachel faisait quoi que ce soit pour effacer ses magnifiques courbes.

Ses joues étaient roses quand elle se retourna vers moi.

Après un moment, Rachel me chassa presque de la cuisine alors qu'elle se mettait à nettoyer, et je sortis Henry pour une pause pipi, avec sa permission. Quand je revins dans la maison, il se dirigea vers le fauteuil dans le coin, monta dessus et s'endormit presque immédiatement. Rachel ferma le lave-vaisselle et se tourna vers moi, sa main encore enroulée sur la poignée.

Cette soirée avait été un test, un test que je ne pensais jamais réussir. Notre rencontre de cet après-midi et entendre ces histoires sur Bruce m'avaient déchiré de l'intérieur. J'étais submergé par le besoin de protéger Rachel. Mais je sentais bien que ce ne serait pas quelque chose qu'elle apprécierait particulièrement.

Ma bataille intérieure sur l'attirance forte que je ressentais pour elle était inutile. Mon intellect passait au second plan face au reste – le désir noué en moi me mettait sur les nerfs depuis que je l'avais vue à la caserne cet après-midi, la possessivité inhabituelle, le besoin de savoir qu'elle était mienne.

Je vis les yeux de Rachel regarder la porte derrière moi, et me dis qu'elle se demandait si je l'avais fermée à clé après être rentré avec Henry. Je connaissais cette habitude chez Shay. C'était une chose à laquelle je n'avais jamais beaucoup pensé dans ma vie. Bon sang, je ne m'étais jamais demandé si mes portes étaient fermées quand j'étais chez moi. Je ne m'en inquiétais pas, mais je savais que c'était important pour Rachel.

Je tendis le bras derrière moi et verrouillai la porte. Les yeux de Rachel revinrent vers les miens, s'écarquillant. Elle ouvrit la bouche pour dire quelque chose puis la referma.

— Tu veux parler de ce qu'il s'est passé cet après-midi ?

Dès que je posai la question, j'eus envie de la reprendre.

On n'avait pas besoin d'en rajouter à ce sujet sensible. Rachel me regarda et j'aurais voulu savoir à quoi elle pensait. Ses yeux tremblèrent et ses joues rougirent encore plus. Après un instant, elle secoua la tête.

— Il n'y a pas grand-chose d'autre à dire. Je déteste

le fait que ça fasse partie de mon passé, mais c'est le cas. Il y a plein de choses qu'on peut changer, mais pas le passé.

Elle lâcha la poignée du lave-vaisselle, traversant la cuisine pour venir là où je me tenais, au bord du comptoir. Il y avait un mélange d'inquiétude et de désir compliqué en moi.

En me regardant, elle posa sa main sur sa hanche.

— Quoi que tu penses, je t'interdis d'être désolé pour moi, dit-elle d'un ton grave et contrôlé. Je m'en suis sortie, et je vais me sortir de la suite, quoi que ce connard essaie de faire. Je ne veux pas que tu aies pitié de moi pour ce qu'il s'est passé. C'est ma faute, et j'aurais dû le voir venir.

Rien de tout ça ne suscitait de la pitié pour Rachel. Une envie de la protéger ? Un sentiment possessif ? Ultra en colère contre le connard qui lui avait fait ça ? Oui, oui et oui. Absolument.

— Ça ne m'a même pas traversé l'esprit, d'avoir pitié de toi, dis-je en réduisant la distance entre nous. Mais je t'interdis de dire que tu aurais dû le voir venir. Ma sœur a vécu quelque chose de similaire. Ça n'a rien à voir avec le fait de le voir venir. Quand tu es une bonne personne, tu attends la même chose des autres. Je sais que tu es forte et intelligente. C'est ça le problème avec les connards. Ils jouent sur le bénéfice du doute. Et on leur laisse.

Elle me regarda, les yeux brûlants. Après un instant, un éclat de tristesse traversa son visage.

— Je suis désolée pour ta sœur.

— Tu te contredis toi-même. Ne sois pas désolée. Elle va bien maintenant. Comme toi, elle s'en est tirée, et elle va bien.

Rachel rit doucement.

— Tu as raison.

Elle me regarda pendant un long moment puis leva la main, caressant ma mâchoire.

— Je n'ai plus envie de penser à ça. C'est du passé, et ça va le rester.

Elle s'avança un peu plus près de moi, ses courbes douces se heurtant à moi. Mon souffle siffla à travers mes dents quand elle enroula sa main autour de mon cou et se mit sur la pointe des pieds pour m'attirer dans un baiser.

# Chapitre Seize

# RACHEL

J'étais un mélange de besoin, d'émotions et d'envie. Après cet après-midi, j'avais hésité à écrire à Remy pour annuler complètement la soirée. Mes émotions étaient volatiles, trop à nu, à la surface de mon esprit. Ma colère avait disparu, me laissant exposée. Je détestais voir à quel point je me sentais vulnérable quand il s'agissait de Bruce.

Mais l'envie de voir Remy était si forte, que la moindre once de bon sens que j'avais ne pouvait pas y résister. J'avais envie de me perdre dans l'attraction sauvage entre nous. La partie de moi qui ne réfléchissait pas voulait brûler mes regrets, ma frustration et ma douleur, les réduire en cendre dans le désir brûlant qui vivait entre nous.

Je ne me faisais pas d'illusions. Je ne pensais pas que Remy allait me sauver. Je ne pensais pas que j'aurais un jour le genre de fin heureuse dont on rêve avant que la vie déraille complètement. Non, je me considérais déjà assez chanceuse d'avoir une nuit avec un gars qui n'était pas un connard.

Cette histoire avec Remy était comme un éclair sur

de l'herbe sèche. Impossible à attraper. Et quand on essaie, on se blesse. La seule option est de laisser brûler.

Aussi gênant que ce soit que Remy me voie à un moment de faiblesse, la gêne nourrissait ma frustration et ma colère et se transformait en une résolution d'acier en moi. Bruce m'avait détruite, fut un temps. Je m'étais enfin tirée de cette situation, mais j'étais plus forte maintenant, et je n'allais pas me sentir honteuse de mon passé. J'avais peur que Remy apprenne l'existence de Bruce et que ça le fasse fuir, mais ça ne semblait pas être le cas.

Quand je glissai la main le long de son cou, mes doigts jouant avec ses cheveux en bataille, je soupirai de soulagement en sentant qu'il n'hésitait pas. Il se pencha et posa sa bouche sur la mienne, caressant mes lèvres avec une petite morsure, puis sa langue plongea dans ma bouche alors que je me cambrais contre lui.

Bon Dieu. Remy embrassait comme un dieu, un mélange de douceur et de fermeté, un contraste qui me faisait perdre la tête.

L'une de ses mains se posa sur ma joue, son pouce caressant l'os de la pommette, avant de plonger dans mes cheveux et de les tirer doucement. La petite douleur subtile sur mon crâne était la bienvenue. Toute sensation que Remy générait menait au plaisir.

Son autre main glissa le long de mon dos, une chaleur et force si délicieuses que je gémis dans notre baiser. Ce son sembla l'encourager. En attrapant mes fesses, il balança ses hanches contre mes cuisses. La sensation de son excitation chaude à travers le tissu de son jean me fit soupirer.

Tout était hyper sensible, ma peau vibrait sur tout mon corps et une chaleur montait en mon centre. J'étais trempée depuis que Remy était arrivé ce soir. Il était tellement canon. Il avait une ligne directe vers mon désir, et sa présence était la seule chose dont j'avais besoin pour décoller.

Alors que sa langue caressait la mienne, je voyageai sur son torse avec mes mains, savourant les plans durs et le contraste avec mon corps doux. Il marmonna quelque chose d'une voix rauque quand mes ongles se plantèrent dans son dos à travers son T-shirt.

En se libérant de notre baiser, il murmura :

— Je ne sais pas jusqu'où tu veux aller.

Même s'il n'avait pas formulé cette pensée comme une question, je savais qu'il en posait une. Bon sang. Cet homme allait me détruire, corps, cœur et âme.

Même si Bruce avait laissé des cicatrices, il n'avait jamais eu accès à mon cœur. Remy était déjà sur le point de le voler.

— Oh, on ne s'arrête pas, dis-je en soutenant son regard.

Si c'était la seule nuit de plaisir décadent que j'allais m'autoriser, je n'avais aucune intention de rater ma chance.

Quand la bouche de Remy forma un sourire, faisant vibrer mon estomac alors que mon cœur battait la chamade, je manquai de tomber à la renverse.

— Tant mieux, on est d'accord. Dans ce cas, où est ta chambre, ma belle ?

Ce petit surnom, générique, me fit presque fondre.

Avec une respiration superficielle, je reculai et pris sa main dans la mienne. Je jetai un œil vers Henry et vis qu'il était profondément endormi sur son fauteuil préféré dans le coin. Je n'avais jamais ramené d'homme à la maison depuis que je l'avais. Habituellement, il dormait au pied de mon lit. Ça ne me dérangeait pas particulièrement, mais je n'avais pas vraiment envie d'avoir un public pour la suite.

Tandis que je guidais Remy vers ma chambre, j'étais vraiment soulagée de m'être débarrassée de tous les meubles après que Bruce avait détruit ma vie. Nous vivions dans un monde moderne, et ce n'était pas comme si je pensais que tout devait être neuf. Mais toutes ces choses me rappelaient des moments dont je ne voulais pas. Me débarrasser de tout ce qui était connecté à lui m'avait fait un bien fou.

En traversant la porte de ma chambre, j'appuyai sur l'interrupteur du bout du coude, et les deux lampes de chevet s'allumèrent en version tamisée. Au son de la porte qui se fermait derrière moi, je ressentis une pointe d'anxiété puissante. Avant Bruce, j'avais toujours été plutôt à l'aise quand il s'agissait de sexe. Mais, en quelques mois, Bruce avait réussi à ruiner l'expérience. Il n'était jamais satisfait et c'était toujours de ma faute. Je savais maintenant, bien trop tard pour l'arrêter, que c'était un problème commun pour les hommes comme lui.

Les effets avaient été si destructeurs que Remy était le premier homme que j'avais embrassé en un an.

Je repoussai mon anxiété. Pendant un moment, j'eus peur de ne pas pouvoir en sortir et de me trouver paralysée. Sans un mot, Remy s'en occupa immédiatement. Ses mains descendirent sur mes côtés, alors que je me tenais devant lui, ayant passé la porte la première. Il y avait quelque chose dans la façon dont il me touchait, si forte et assurée, à la limite de l'admiration.

— Retourne-toi, ma belle, murmura-t-il, d'une voix rauque comme une caresse chaude.

C'était impossible de ne pas faire ce que Remy demandait. Peut-être que c'était juste moi, mais je n'arrivais pas à imaginer qu'une femme puisse lui dire non.

En me retournant, je me confrontai à son regard

brûlant. Remy était la puissance masculine incarnée, une virilité qui ne s'excuse pas. Et la façon dont il me regardait, c'était un miracle que je ne fonde pas comme du beurre.

— Quoi ? demandai-je alors qu'il restait silencieux.

Son regard se réchauffa encore alors que ses yeux se baladaient sur mon corps avant de remonter.

— Oh, je me demandais simplement à quelle vitesse je peux retirer tous ces vêtements.

Je déglutis alors qu'une vague de chaleur me traversait. L'alchimie entre nous était si puissante, elle annulait tous les doutes qui emplissaient mon esprit. Ces doutes qui me forçaient d'habitude à trop réfléchir, à me demander si je faisais bien ou si je faisais une bêtise. Avec Remy, ce n'était qu'une sensation guidée par du plaisir. C'était un tel soulagement de ne pas réfléchir.

Je ris avant de me débarrasser de ma jupe, jetant mon T-shirt au sol d'une main. Cette fois, quand son regard caressa mon corps, je sentis sa brûlure directement sur ma peau.

Avec une envie qui montait entre mes cuisses, je me dandinai impatiemment. Remy était juste devant moi, ses lèvres déposaient des baisers chauds sur mon épaule, ses mains, grandes et rudes, caressaient les courbes de mes hanches. Sa dureté était un tel contraste avec ma douceur.

— Ma belle, tu vas me tuer.

Je déglutis, et j'eus envie de répondre. Quoi que j'eusse essayé de dire, les mots disparurent en un soupir alors qu'il me soulevait sans effort, faisant quelques pas vers mon lit avant de m'y étaler. Il se redressa et passa la main dans son dos pour retirer son T-shirt d'un grand mouvement.

J'avais aperçu son torse cet après-midi-là à la

caserne, mais j'avais réussi à en oublier la splendeur. Ma bouche s'assécha, mon sexe se serra lorsqu'il jeta son T-shirt au sol pour l'ajouter à la pile de mes vêtements. Pendant que j'étais trop occupée à boire son image, il retira ses chaussures et son jean, et se présenta devant moi avec rien d'autre qu'un caleçon.

Son excitation était évidente. J'étais parfaitement consciente du fait que la soie entre mes cuisses était trempée. L'idée qu'il me remplisse faisait palpiter mon sexe.

Avant que j'aie le temps de formuler l'ombre d'une pensée, Remy s'étala sur moi sur le lit, déposant des baisers dans la vallée entre mes seins. Mes mains étaient gourmandes, caressant son torse, glissant vers ses fesses dures et me tirant vers lui quand il roula légèrement sur le côté.

J'avais envie de tout. Tout d'un coup. Mais mon désir fut rapidement oublié face à la torture que cet homme me fit subir. Le plaisir et le besoin se rencontrèrent alors qu'il explorait mon corps avec ses mains et sa bouche, me faisant frissonner des pieds à la tête.

Mon monde entier se réduisit à cela : Remy et moi, emmêlés ensemble. Il sembla embrasser chaque partie de mon corps. Je n'en pouvais plus, mes hanches se balançaient en lui de manière presque frénétique. Pendant ce temps, il ne se pressa pas, se baladant lentement vers le sud de mon corps, déposant des baisers sur mes seins et mon ventre.

L'une de ses paumes joua vers l'intérieur de ma cuisse et il écarta mes genoux avant d'installer ses épaules larges entre mes cuisses. Impatiente, je balançai mes hanches vers lui alors qu'il passait ses doigts sur la soie trempée. Il roula sur le côté, accrochant ses doigts au bord de ma culotte et la retirant si rapidement que je le remarquai à peine.

— Bon sang, ma belle. Tout ça pour moi, murmura-t-il.

La satisfaction rauque de ses mots jeta une vague de chaleur à travers mon corps.

Il passa ses doigts dans mes plis humides, m'arrachant des soupirs et des gémissements. Il m'en fallait plus.

— Plus ?

Mes pensées avaient dû m'échapper à voix haute. Deux doigts épais plongèrent en moi alors qu'il posait sa bouche contre mon corps. Je manquai de jouir immédiatement quand sa langue se mit à faire des cercles autour de mon clitoris et qu'il joua profondément en moi avec ses doigts. Remy me rendait folle, j'étais si sensible au simple fait d'être proche de lui que j'étais déjà au bord du gouffre.

Bon Dieu, la langue de cet homme était divine. Il me fit grimper aux rideaux avec des coups de langue lents sur mon clitoris, comme s'il avait tout le temps du monde. Il me baisa lentement avec ses doigts, me rapprochant de plus en plus de l'orgasme.

Je m'agrippai aux draps en gémissant son nom, un chant brisé, une négociation suppliante. Après un nouveau coup de ses doigts, il suça mon clitoris. Le plaisir explosa en moi, me détruisant et fondant tous mes os, me laissant molle.

Je le sentis reculer, et sa proximité me manqua immédiatement. En ouvrant les yeux, je le vis sortir un préservatif de quelque part. Pendant un instant, j'eus peur qu'il ne rentre pas. Remy était un homme très bien monté. Il faisait bien plus d'un mètre quatre-vingt-cinq, avec un corps lourd et musclé qui allait de pair avec une queue longue et large, et un sacré paquet.

J'eus à peine le temps de me remettre de cette vue

avant qu'il n'enfile la capote, que son regard vert intense se posa sur moi dans la lumière tamisée.

— C'est maintenant qu'il faut me dire si tu ne veux pas que ça aille plus loin, dit-il avec des mots rauques et précis.

Depuis qu'il m'avait fait jouir l'autre soir, j'essayais de me dire que ce n'était qu'une aventure physique, juste du sexe génial, délicieux et bien trop attendu.

Même si toutes ces choses étaient vraies, ce que je ressentais quand j'étais avec Remy était quelque chose de plus que ça, quelque chose d'électrique, accroché aux bords de mon cœur et qui résonnait dans tout mon corps, un accord qui vibrait juste pour lui.

— Je t'interdis de t'arrêter, m'entendis-je répondre.

Ses lèvres s'étirèrent en un coin, l'un de ses délicieux sourires sexy. Avec ses yeux profondément plantés dans les miens, son genou s'installa entre mes cuisses, le matelas s'affaissant sous le poids qu'il posait sur moi.

Je découvrais que Remy ne faisait rien à la va-vite. Ses mains glissèrent lentement sur mes cuisses et mes côtés alors que ses hanches venaient se poser dans le creux des miennes. Puis la surface calleuse de ses paumes envoya des éclairs de chaleur à la surface de ma peau alors qu'il attrapait mes seins, passant brièvement ses pouces sur mes tétons durs et douloureux.

Puis il plongea la tête, déposant des baisers sur mes clavicules et mon cou avant de retrouver ma bouche. Sa langue trouva la mienne d'un mouvement doux et lent alors que je gémissais son nom dans notre baiser.

Quand il balança ses hanches contre moi, la longueur dure de son membre glissa dans mes plis mouillés. J'étais trempée de désir et des jus de mon dernier orgasme, si mouillée que mes cuisses étaient humides.

Le fait que je vienne de jouir ne changeait rien. J'en voulais encore plus.

Trop tôt, il se retira de notre baiser excitant et je gémis tristement.

— Il faut que je te voie, ma belle, murmura-t-il.

Mes paupières étaient lourdes, mais je réussis à les ouvrir pour plonger dans son regard intense. Il balança ses hanches à nouveau, sa queue se frottant à mon clitoris gonflé. Le plaisir me traversa avec les échos de mon dernier orgasme, perçant et sucré.

— Remy, gémis-je, d'une voix saccadée et pleine de désir, utilisant son nom pour le supplier.

— Je suis juste là, ma belle.

Avec un mouvement subtil de ses hanches, je sentis son gland épais s'installer devant mon entrée, mes jambes s'écartant par réflexe pour lui faire de la place.

Il plongea en moi avec une lenteur délibérée, alors qu'un éclat de plaisir presque douloureux me remplissait. Le sentir m'écarter était délicieux, addictif, et j'arrivais à peine à le supporter.

Ça faisait un moment que je n'avais pas fait ça. Assez longtemps pour être serrée. La taille généreuse de Remy n'aidait pas particulièrement.

Après une profonde inspiration, il avança doucement et je hurlai. Entre sa taille et la pression sur mon clitoris, j'étais déjà au bord d'un nouvel orgasme. Prête à repartir.

# Chapitre Dix-Sept

# REMY

J'avais l'impression d'arriver au paradis. Alors que la chaleur humide et serrée de Rachel m'entourait, m'agrippait, ça me demandait toute ma force de ne pas exploser. Sa peau était soyeuse et ses courbes étaient généreuses et douces. La sentir nue et chaude sous moi était la chose la plus proche du paradis que je puisse imaginer. Ce n'était pas du blasphème, c'était simplement la vérité.

Son canal palpitait autour de ma queue alors que ses hanches plongeaient vers moi sans fin. Ses yeux bleus étaient sombres dans la lumière tamisée de sa chambre. Je reculai doucement et plongeai à nouveau, un grognement grave m'échappant quand elle gémit, son corps vibrant sous le mien.

Je voulais faire durer la chose, pour savourer. Mais je ne pouvais pas. C'était trop bon. J'avais l'impression d'être drogué de plaisir, de Rachel.

Ses jambes s'enroulèrent autour de mes hanches alors qu'elle se cambrait vers moi. Ses tétons étaient tendus et humides alors qu'ils se collaient à mon torse, chaque point de contact était une nouvelle marque au fer rouge contre ma peau et s'emparait un peu plus de mon cœur, nous rapprochant l'un de l'autre.

— Bordel, Rachel, tu es tellement bonne, murmurai-je après un autre coup de reins alors que sa chatte se serrait autour de ma queue, me maintenant exactement là où j'étais censé être : enfoui en elle.

Elle se redressa, déposant des baisers dans mon cou, chaque toucher de ses lèvres me faisant la sensation d'un éclair sous ma peau. Incapable de me retenir plus longtemps, je me relevai un peu et reculai. Elle avala chaque centimètre alors que je plongeais en elle.

— Remy, gémit-elle.

Elle donna le rythme, bougeant ses hanches sans fin jusqu'à ce que je la martèle. Je la sentais accélérer, son souffle se saccadant, ses yeux se dilatant et sa chatte vibrant sur ma queue. En passant la main entre nous, j'appuyai doucement sur son clitoris et la regardai exploser de plaisir en hurlant mon nom.

Mon propre orgasme se préparait déjà, serrant la base de ma colonne vertébrale puis se libérant comme un coup de tonnerre, une explosion si intense que je m'écroulai sur elle tout de suite après. Pour écarter mon poids, je roulai sur le côté jusqu'à ce qu'elle soit allongée sur moi, alors que j'étais encore plongé en elle.

Elle posa sa tête contre mon épaule, son souffle irrégulier sur ma peau, cette sensation se mélangeant à tout ce qui me traversait. Mon pouls ralentit doucement alors que je la gardais dans mes bras. Je n'avais pas envie de me lever. Plus jamais.

———

Le lendemain matin, je me réveillai un peu perdu. Le brouillard du sommeil se dissipa, je tendis le bras vers

Rachel par réflexe, me heurtant au manque immédiatement quand je réalisai qu'elle n'était pas là. En roulant sur le côté, je vis la porte de la salle de bains ouverte, et entendis le bruit de l'eau.

Je savais exactement où j'avais envie d'être. Je repoussai la couverture et me dirigeai rapidement vers la salle de bains. La silhouette de Rachel était floue à travers les portes en verre de la douche. Ma queue se réveilla dès que je la vis.

En ouvrant la porte, j'entrai dans la douche et trouvai des bulles qui coulaient le long de ses courbes, sa peau rosie par la chaleur. Son joli cul, et bon sang qu'il était beau, fut la première chose que mes yeux trouvèrent.

— Bonjour ma belle, murmurai-je en passant ma main le long de ses courbes mouillées.

Le sursaut qu'elle m'offrit en réponse envoya mon sang directement vers mon aine. J'avais découvert la nuit dernière que j'adorais les sons que Rachel faisait. Ses cris rauques, ses petits souffles, ses gémissements et les ordres autoritaires qu'elle donnait quand elle était impatiente. Ceux-là étaient sans doute ma partie préférée.

— Remy ! s'exclama-t-elle en se retournant dans mes bras.

— Oh, parfait.

Je glissai immédiatement mes mains le long de la courbe de son ventre pour attraper l'un de ses seins. Ils étaient ronds et lourds dans ma paume, son téton se tendant immédiatement quand je le caressai du bout du pouce, alors que le savon lubrifiait tout.

— Tu as l'air surprise de me voir, ajoutai-je.

Elle recula, un petit sourire légèrement honteux, suivi d'un éclat cochon dans les yeux.

— Un petit peu, avoua-t-elle alors que sa main

descendait pour s'enrouler autour de ma queue, qui était dressée et bien heureuse de la voir.

Dès que j'avais entendu le bruit de la douche, j'avais eu l'idée de l'y rejoindre et de m'enfoncer en elle. Elle prit les commandes. Alors qu'elle me poussait fermement, mon dos s'écrasa contre le carrelage frais et elle s'agenouilla rapidement avant de prendre immédiatement mon membre dans sa bouche.

— Bordel. Oh, Rachel, grognai-je, une main claquant contre le carrelage alors que je passais l'autre dans ses cheveux mouillés et m'accrochant à tout ce que je pouvais.

Sa langue lécha la base de ma queue alors qu'elle remontait mon membre doucement, me regardant d'en bas. Elle passa sa langue sur mon gland, une vision qui me fit presque jouir instantanément.

J'essayai de dire quelque chose, mais je ne produisis rien d'autre qu'un grognement. Je n'avais aucune idée du temps qu'elle passa à me sucer la queue. Tout ce que je savais, c'était que la sensation de succion chaude de sa bouche sur mon membre et sa langue qui me rendait fou me firent exploser dans sa bouche. Elle recula, se lécha les lèvres et sourit en se relevant. Pendant ce temps, j'arrivais à peine à tenir sur mes pieds tandis que l'eau chaude coulait sur nous. Heureusement qu'il y avait un mur derrière moi.

Je réussis à m'en remettre et à lui rendre la pareille. J'étais parfaitement certain qu'aucun homme ne pouvait résister à la chatte rose de Rachel, ou au son qu'elle faisait quand j'y enfonçai les doigts et jouai avec elle du bout de ma langue. Si ces sons étaient la dernière chose que j'entendais, je pourrais mourir heureux.

Après une douche productive, Rachel nous fit du café et insista pour préparer le petit déjeuner. J'avais découvert la nuit dernière qu'elle était très douée en cuisine, mais j'étais absolument certain qu'elle faisait le meilleur pain perdu que j'aie jamais mangé – léger et plein d'air, avec un peu de cannelle, de cardamome et de vanille. Mélangeant ça avec le goût d'un café noir, et j'étais un homme heureux, rassasié dans tous les sens du terme.

Le seul problème ? Il fallait que je parte. Rachel devait aller travailler, et il fallait que j'aille à la caserne. Je n'étais pas de garde de nuit, mais j'avais quand même un job et, malheureusement, ce n'était pas de passer la journée nu avec Rachel.

Elle me chassa de la cuisine, donc je la regardai remplir le lave-vaisselle, mon cœur battant la chamade. Je cherchais des façons de me reprendre, et regardai l'horloge au-dessus de la gazinière. Sept heures trente. Il fallait que je sois à la caserne à huit heures. Descendant de mon tabouret, je me levai alors qu'elle fermait le lave-vaisselle et se tournait.

Avec ses cheveux détachés et sa peau encore rouge de notre douche, sans une seule touche de maquillage, elle était si sexy qu'elle m'en coupa le souffle.

— Il faut que j'y aille, dis-je doucement.

Elle me regarda quelques instants, et j'aurais vraiment voulu pouvoir lire dans ses pensées.

— Moi aussi.

Par miracle, je réussis à ne pas lui arracher tous ses vêtements pour la prendre dans la cuisine. Entre la nuit dernière et ce matin, je n'aurais pas dû en ressentir autant le besoin. Mais j'en mourais d'envie, et je ne pouvais pas nier la force de ce désir.

# Chapitre Dix-Huit

# REMY

Plus tard cet après-midi-là, à la caserne, je me servis une tasse de café dans la salle de pause, rejoignant Jesse et Beck à l'une des tables. Comme dans beaucoup de casernes, nous avions une cuisine entièrement équipée ainsi qu'une salle de pause et un salon avec deux télévisions. L'une était pour les gars qui aiment jouer aux jeux vidéo et l'autre pour regarder des séries. Il y avait un grand canapé d'angle et de nombreux fauteuils inclinables. Au-delà de cette zone, il y avait une vitre qui donnait sur une salle de sport. Le couloir du fond menait vers quelques chambres à coucher, et l'autre couloir menait vers l'accueil et les bureaux.

Nous avions plusieurs tables dans la cuisine. Je connaissais bien le rythme de vie d'un pompier. La chose qui demandait le plus de souplesse était le fait que la plupart de nos missions se tenaient entre le printemps et l'automne. On était envoyés partout dès que c'était nécessaire. En Alaska, la caserne de Willow Brook servait de centre nerveux pour trois équipes de pompiers forestiers, qui alternaient toutes pour couvrir les appels locaux de la ville en même temps.

La caserne avait aussi une petite équipe locale. Les équipes de pompiers forestiers comptaient toutes vingt-cinq membres, donc il y avait beaucoup de collègues en ville, même si tout le monde ne passait pas toute l'année sur place.

Pendant les mois d'été, quel que soit le jour, il y avait deux ou trois équipes envoyées en mission. On intervenait principalement en Alaska, mais on partait n'importe où au besoin, surtout dans l'ouest des États-Unis. L'Alaska était une zone si étendue avec des pans de nature sauvage énormes, qu'il y avait largement assez de travail ici pendant l'été. L'Alaska, comme la plupart de l'ouest, voyait de plus en plus d'incendies pendant la saison chaude. L'État était aussi encore dévoré par des cas de scolyte de l'épinette, qui avait détruit de nombreux hectares de forêt et créé des parcelles plus inflammables.

Je pris une gorgée de mon café en regardant Jesse et Beck.

— Alors, à quoi ressemble l'emploi du temps pour le reste de la semaine ?

Beck haussa les épaules.

— J'étais sur le point de débattre avec Jesse sur quelle équipe devrait s'occuper des appels locaux, la nôtre ou la vôtre. On a un appel pour du boulot préparatoire en périphérie de Fairbanks, un coin qui a beaucoup souffert l'année dernière.

Habituellement, j'aurais haussé les épaules et dit que je m'en fichais. J'adorais mon boulot et j'adorais être en pleine nature. Mais je me dis que ce soir, je préfèrerais revoir Rachel. Je n'allais pas donner ce genre de détails aux gars. Pas maintenant.

— Quand est-ce qu'on devrait y être ? demandai-je à la place.

Jesse gloussa en jetant un regard à Beck.

— Pas avant la semaine prochaine. Et je veux rester ici la semaine prochaine. On a déjà vachement bougé ce printemps. Dans un mois, on sera surmenés.

Beck lâcha un sourire.

— D'accord, d'accord.

— Tu nous rejoins au Wildlands ce soir ? demanda Beck en se levant, finissant le reste de son café.

— Oh ouais, je serai là, répondit Jesse. Charlie m'a déjà dit de venir. J'imagine qu'elle y sera avec Rachel après le boulot, ce qui veut dire qu'on a plutôt intérêt à tous y aller.

Beck gloussa en se dirigeant vers le comptoir de la cuisine, posant sa tasse de café vide dans le lave-vais-selle avant de se diriger vers le couloir qui menait à l'accueil.

— C'est exactement pour ça que je serai là aussi. J'ai déjà reçu mes ordres de Maisie.

La simple idée de voir Rachel éveilla mon corps.

— Je serai là, répondis-je alors que mon téléphone vibrait dans ma poche.

En le sortant, je vis le nom de ma sœur apparaitre sur l'écran.

— À tout à l'heure, faut que je décroche.

— Salut Shay, dis-je en me levant de la table pour porter le téléphone à mon oreille.

— Salut, salut, Remy, répondit-elle d'un ton joyeux. J'appelais pour savoir comme s'était passé ton rendez-vous.

J'avais complètement oublié que je lui avais annoncé mon diner avec Rachel. Mon esprit revint à la sensation du corps de Rachel se serrant sur moi, au regard vaporeux dans ses yeux avec sa peau rose et ses lèvres gonflées de nos baisers.

J'étais proche de ma sœur, mais je n'avais aucune intention de lui partager ce qui me venait à l'esprit.

— Ça s'est bien passé, Shay, répondis-je avec un petit rire.

Je me dirigeai vers l'arrière de la station, où il y avait moins de monde.

— Remy, tu vas devoir me donner plus de détails que ça, protesta-t-elle.

Shay voulait que je tombe amoureux. En voyant la façon dont mon cœur battait quand je pensais à Rachel, pour la première fois de ma vie, je me dis que c'était une vraie possibilité. Mais je n'étais pas prêt à parler de ça, pas encore.

— Shay, tu es ma sœur. Tu ne vas pas avoir toutes les infos, dis-je platement.

Elle continua.

— C'était plus qu'un diner ? demanda-t-elle.

— Bon sang, Shay. Lâche le morceau. Je vais la revoir. Ça te va ?

Ce fut le grand retour du cri aigu de Shay qui me força à écarter le téléphone de mon oreille alors que je m'adossais à un mur. Avec la télé allumée et les gars rassemblés autour de la PlayStation, personne ne s'occupait de ma conversation, mais j'avais quand même besoin d'un peu d'espace.

— C'est bon ! dit-elle quand elle eut terminé de crier.

— Peut-être que je devrais commencer à te poser des questions sur ta vie romantique à toi, lançai-je sur un ton joueur.

J'avais dit cela avec légèreté, mais je sentis la douleur de Shay traverser l'appel.

— Hé, je ne voulais pas... commençai-je avant qu'elle ne me coupe la parole.

— Je sais que c'était pas fait exprès, Remy. Je devrais être capable de supporter quelques blagues sur ma vie romantique, ou mon absence de vie romantique plutôt. En plus, je te fais chier avec la tienne, donc je suppose que je cherche. Pour ce qui est de ma vie romantique, je réfléchis à entrer au couvent.

— Quoi ? lâchai-je.

Elle explosa de rire.

— Je suis juste réaliste. Mes opportunités de rencontrer quelqu'un sont inexistantes. Je suis vulgaire, j'adore lire des romans d'amour, j'ai un passé ultra lourd et je suis presque sûre que je ne peux plus jamais espérer de bon sexe.

Ses derniers mots étaient chargés d'amertume.

Pendant un instant, je ne sus pas quoi répondre, mais je me lançai quand même.

— Hé, je te soutiens quoi que tu choisisses de faire. Je ne veux pas entendre parler de ta vie sexuelle, et tu ne veux pas entendre parler de la mienne. Mais si tu veux faire vœu de chasteté et devenir nonne, je te soutiens. Je veux juste que tu ailles bien et te sentes bien.

Mon cœur se serra. J'étais souvent perdu quand il s'agissait de naviguer sur le terrain émotionnel compliqué de la vie de ma sœur et de ce que son ex lui avait fait.

— Je sais, Remy, dit-elle doucement. Je vais bien. Je ne cherche pas vraiment à sortir avec qui que ce soit en ce moment, et je crois que c'est pour le mieux. Et si tu veux que j'arrête de t'embêter sur ta vie romantique, j'arrête. C'est juste que tu es l'un des meilleurs gars que je connaisse, et je veux que tu trouves une nana qui t'aime.

— Je sais. Je te tiendrai au courant. Ça te va ?

— Parfaitement. Je t'aime, Remy. Faut que j'y aille.

— Je t'aime, Shay.

En raccrochant, je me dirigeai vers l'accueil de la caserne pour demander à Rex ce qu'il pouvait me dire de plus sur Bruce. Si j'arrivais à faire ce que je voulais, je trouverais une façon de le chasser de la ville.

# Chapitre Dix-Neuf

# RACHEL

— Oh mon Dieu, je suis tellement fatiguée, dit Charlie en posant sa main sur la petite bosse de son ventre alors qu'elle s'effondrait sur la chaise à côté de mon bureau.

Je sauvegardai le dossier sur lequel je travaillais dans notre système de sauvegarde électronique et je me déconnectai. Je me tournai pour lui faire face et souris.

— Tu es canon. Tu es l'une de ces femmes enceintes qui le portent super bien. Si je suis enceinte un jour, je suis presque certaine que je te détesterai d'être si belle.

Charlie soupira et me répondit avec un sourire.

— Tu essaies d'être gentille. Je ne suis même pas encore si grosse que ça, mais les nausées du matin me tuent. C'est pas juste le matin pour moi.

Elle soupira lourdement.

Je n'allais pas débattre de ce point avec elle. J'avais retenu ses cheveux quand elle s'était retrouvée à vomir l'autre après-midi. Mais elle était incroyablement canon. Sa peau était brillante, et elle était éclatante, même si elle ne se sentait pas toujours en forme. Avec ses cheveux noirs et ses yeux gris, tachetés par un acte divin d'une touche de violet, ma meilleure amie était une beauté.

Son regard se refroidit quand elle me regarda.

— Je suis désolée, je ne savais pas que Bruce était sorti de prison, dit-elle doucement.

On n'était pas du genre à tourner autour du pot. Dieu merci.

— Euh, c'est un peu ridicule de s'excuser pour ça. C'était juste un coup de malchance. Le gars qui remplaçait Rex n'était pas au courant de la situation. Entre le déplacement de Rex et Maisie en jour de repos, c'était le moment parfait pour que Bruce débarque à Willow Brook. Personne de garde ne savait qu'il m'avait tabassée, dis-je avec un rire amer, alors que des larmes chaudes se rassemblaient dans mes yeux.

— Hé, dit Charlie doucement. Ne dis pas ça comme ça.

— Faire comme si ce n'était pas grave ne m'aide pas. C'est comme ça que je me suis retrouvée coincée dans cette horreur avec lui de toute façon.

La bouche de Charlie se tordit d'un côté, elle se pencha en avant pour attraper ma main et la serrer fermement.

— Je te prendrais bien dans mes bras, mais je n'ai pas envie de me lever.

Je ris.

— Je comprends. On a eu une journée de folie. Tu es sûre que tu veux aller au Wildlands ? Tu ne peux même pas boire.

Charlie haussa les épaules.

— Je n'y vais pas pour l'alcool, j'y vais pour les copains. Même si je suis fatiguée, il faut qu'on y aille.

Jesse nous y retrouve et il faut que tu te changes les idées.

Après toute cette histoire, mes amis avaient tous dit qu'ils auraient dû remarquer que je trouvais de plus en plus d'excuses pour ne pas trainer avec eux. C'était en partie parce que Bruce décidait de qui j'avais ou non le droit de voir, et en partie parce que je m'étais renfermée sur moi-même, comme l'avait dit Charlie.

Heureusement, aujourd'hui, Bruce n'avait que très peu occupé mes pensées. C'était Remy qui avait pris toute la place. Après la nuit dernière, je ne savais pas quoi penser.

Je ne savais pas quelle expression traversa mon visage, mais Charlie plissa les yeux et pencha la tête sur le côté.

— Qu'est-ce qu'il y a ?

Je sentis immédiatement mes joues chauffer.

— De quoi tu parles ? contrai-je en essayant de passer à autre chose.

Un éclat apparut dans les yeux de Charlie et elle haussa un sourcil.

— Je ne sais pas de quoi je parle, mais je sais qu'il se passe quelque chose. Raconte, ordonna-t-elle.

On pourrait croire qu'une femme enceinte souffrant de nausées matinales et épuisée à la fin d'une longue journée de travail serait incapable de donner des ordres. Mais Charlie en était toujours capable. Elle dégageait une autorité unique.

C'était aussi une très bonne amie, le meilleur type d'amie. Elle savait quand j'avais besoin de digérer les choses, et ce moment en faisait partie. Si j'allais parler de Remy à qui que ce soit, ce serait Charlie. Je pris une profonde inspiration et soupirai lentement. Mon cœur s'accéléra à la simple idée de parler de Remy.

— D'accord, euh, j'ai passé la nuit avec Remy, lâchai-je.

Dès que je le dis à voix haute, je réalisai que c'était très loin d'honorer ce qu'il s'était passé.

Je surpris Charlie si profondément qu'elle se redressa sur sa chaise, les yeux écarquillés.

— Quoi ? J'ai raté une étape ? Passer la nuit, ça veut dire du sexe ?

Je me mordis la lèvre et ris.

— Oui. Je n'ai pas eu l'occasion de t'en parler.

— Oui, il y a eu du sexe ? Ou oui, j'ai raté une étape ?

Je soupirai, sentant mes joues chauffer.

— Oui aux deux.

— D'accord, j'ai besoin de détails. Tout de suite.

— Y a pas grand-chose à dire. Je veux dire, il est ultra-canon, donc y a ça.

Charlie hocha la tête.

— Oui, Remy est canon. Je ne pense pas que qui que ce soit te contredira là-dessus. Plus, ordonna-t-elle en faisant tourner sa main dans les airs.

— D'accord, donc il y a environ deux semaines, je l'ai croisé pendant que je courais avec Henry. Je suis tombée dans la boue devant lui, donc... Bref, c'était un bazar fou. Bref, il y a eu une étincelle ou un truc. Puis il m'a invitée à diner, donc j'y suis allée. Et on s'est embrassés. Puis il est parti en mission et il est revenu. Bref, il était à la caserne hier après l'histoire avec Bruce. J'étais dans tous mes états, et il est venu chez moi et est resté dormir hier.

Pendant cette explication saccadée où j'avais dit « bref » trop souvent, la bouche de Charlie s'était lentement ouverte, ses yeux grands comme des soucoupes quand j'arrivai à la fin de l'histoire.

— Tu veux dire que tu es sortie avec Remy et que tu ne m'en as pas parlé ?

— Ouais. Je ne t'ai pas vue ces trois derniers jours. C'est la première fois que je te vois depuis, dis-je en plissant la bouche, car je savais très bien que j'aurais pu l'appeler.

Charlie tapota ses doigts sur le bras de sa chaise en se réinstallant. Elle appuya son autre main sur le bas de son dos avec un soupir.

— Tu peux prendre quelque chose pour ton dos ?

Charlie secoua la tête.

— Je préfère pas. Ça fait pas si mal que ça. Et Jesse me fera un massage plus tard.

— Tu es sûre que tu ne veux pas rentrer à la maison plutôt que d'aller au Wildlands ?

— Oh oui, je suis sûre. Déjà, bouger un peu fait du bien. En plus, je vais écrire à Jesse dans une minute pour m'assurer que Remy vienne ce soir. Il faut que je voie comment il te regarde, dit-elle en attrapant son téléphone dans sa poche et en appuyant sur l'écran.

— Tu as besoin de voir comment il me regarde ? demandai-je, curieuse de comprendre ce qu'elle entendait par là.

— Ouais, c'est ce que j'ai dit. Tu es ma meilleure amie, et c'est pas cool s'il veut juste te baiser.

— Hé, et si jamais c'était ce que je voulais ?

Au moment où ma question m'échappa, mon cœur sursauta dans ma poitrine. Je ne pouvais pas oublier ce que j'avais ressenti la nuit dernière. Il y avait des parties de jambes en l'air délicieuses et canon, mais c'était plus que ça, c'était l'intimité qui nous avait enveloppés comme un drap de soie.

Charlie resta silencieuse un instant. Elle prit une grande inspiration et souffla lentement en plissant les yeux.

— Eh bien, si c'est ce que tu veux, évidemment, ça me va. Et tu mérites du bon sexe dans ta vie. Et quelque chose me dit que Remy peut convenir.

Je savais que mes joues étaient encore une fois toutes rouges.

— Carrément, dis-je enfin, en réussissant à garder un visage neutre, par miracle.

J'explosai de rire quand Charlie sourit lentement.

Après un instant, son regard reprit son sérieux.

— Je ne sais pas grand-chose sur Remy.

Soudainement, mes sentiments se serrèrent dans ma gorge et j'eus envie de pleurer. C'était ce qu'il y avait de pire. Après avoir été assez bête pour me retrouver dans une relation de merde, je doutais de mon propre jugement. Pire encore, je savais que mes amis s'inquiétaient pour moi.

En croisant le regard de Charlie, je secouai la tête.

— Tu n'as pas à t'inquiéter. Je sais que Remy n'est pas comme ça. Mais tu peux demander à Jesse. Je comprends que tu doutes de mon jugement. Crois-moi, je doute aussi.

— Chérie, ce n'est pas ce que je voulais dire, dit Charlie.

Quand je secouai la tête, elle soupira à nouveau.

— D'accord. Je m'inquiète. C'est tout. Aucun de nous ne s'est rendu compte que Bruce était comme ça au début, donc ce n'était pas juste toi. Je veux juste que tu ailles bien. Étant donné que tu as passé au moins un an à dire que tu ne sortirais plus jamais avec qui que ce soit, je suis vraiment ravie d'entendre parler de Remy comme ça. Donc, est-ce que j'ai ta permission de poser des questions à Jesse sur Remy ? demanda-t-elle doucement.

— Bien sûr. Après ce que j'ai traversé avec Bruce,

j'ai des doutes sur tous les hommes. Je ne sais pas pourquoi je fais confiance à Remy, mais je lui fais confiance.

— Honnêtement, mon instinct me dit que c'est un gars bien. Mais je vais quand même faire ma curieuse. Il y a autre chose que tu n'as pas pris la peine de me dire ?

Je ris et secouai la tête.

— Non, je te jure que c'est tout.

— D'accord, parce qu'il faut que j'aille faire pipi. Tout de suite.

— Oh, bon sang, tu ne vas pas faire dans ta culotte hein ? demandai-je en me levant pour faire le tour de mon bureau.

Debout devant elle, je l'aidai à se lever. Charlie secoua la tête quand elle fut debout.

— Je ne vais pas ruiner ta chaise. Même si tu me disais quelque chose de fou, je te ferais venir aux toilettes avec moi pour me raconter, si j'avais vraiment besoin. Je reviens tout de suite, puis on va au Wildlands.

Chapitre Vingt

# RACHEL

J'étais installée à une grande table ronde au Wildlands, en me demandant si Remy viendrait ce soir. D'après Charlie, qui cherchait tous les détails qu'elle pouvait récupérer sur lui de la part de tout le monde, Remy avait dit à Jesse qu'il serait là.

Comme si le simple fait de penser à lui l'avait fait apparaitre, il apparut dans le couloir du fond. J'étais assise en plein dans son champ de vision, par pur hasard. Au moment où je le vis, mon pouls s'accéléra et mon ventre se contracta. À cinq ou six mètres de distance, ses yeux trouvèrent les miens et c'était comme si une flamme me caressait dans l'air depuis l'autre côté de la pièce.

Quelques secondes plus tard, il s'installait sur la chaise vide à côté de moi.

— Salut ma belle, dit-il, son accent lent me faisant l'effet d'un aphrodisiaque.

— Salut.

Quand sa main caressa ma cuisse alors qu'il tirait sa chaise, je soupirai presque à voix haute.

— Salut mec, lança Levi depuis l'autre bout de la table.

— Salut ! répondit Remy.

Quelques autres salutations furent échangées puis la serveuse arriva. Remy commanda une bière et un burger avec des frites, puis regarda mon verre presque vide quand la serveuse demanda s'il fallait autre chose.

— Tu en veux un autre, ma belle ? C'est moi qui invite.

C'était soirée -50 % sur les margaritas ce soir, et je me laissais habituellement en boire une. Mais Charlie m'avait promis de me déposer chez moi, puisqu'elle ne pouvait pas boire d'alcool. C'était pratique, car nous vivions assez proches l'une de l'autre, donc elle pourrait aussi m'emmener au travail demain pour aller récupérer ma voiture. Avec ces éléments en tête, je décidai que je n'étais pas obligée de me limiter à un verre.

Quand je levai les yeux vers Remy, mon cœur vibra puis se jeta vers lui. Bon sang. Les yeux de cet homme n'étaient qu'attraction animale. Son regard vert riche empli de chaleur lâchait des papillons dans mon estomac et resserrait mon sexe.

— Ouais, je vais prendre une autre margarita.

Étant donné qu'on se fixait du regard, c'était comme si notre serveuse ne faisait même pas partie de la conversation, mais elle répondit :

— Ça marche. Autre chose ?

Remy secoua la tête, sans jamais me quitter du regard.

— Comment s'est passée ta journée ? demanda-t-il quand elle s'éloigna pour aller parler à quelqu'un d'autre à notre table.

— Chargée. Mais j'aime bien les journées chargées, je n'aime pas m'ennuyer au boulot parce que sinon je passe ma journée à regarder l'horloge tourner. Et toi ?

— Pareil. J'espérais te croiser ici.

— Ah ?

Ses lèvres se tordirent en un sourire en coin, réveillant les papillons dans mon ventre.

— Oui. J'espérais te revoir ce soir.

— Ce soir ? répétai-je, soudainement incapable de produire quoi que ce soit de plus que des réponses monosyllabiques.

— Oui, ma belle. Ce soir.

— Ici ?

Même si Remy me prenait un peu de court, ça réveillait aussi mon côté joueur et c'était amusant.

— Oui, ici. Et de préférence, nus plus tard, dit-il directement.

La chaleur traversa mon visage, et je remerciai le bar d'avoir un éclairage si tamisé.

— Ah. D'accord. Je pense qu'on peut s'arranger.

— Parfait, répondit-il alors que son immense paume s'installait sur ma cuisse.

Bon sang. Remy m'avait appris quelque chose, une leçon que je n'oublierais pas. J'adorais qu'un homme ait de grandes mains fortes. J'étais triste d'être en public, car je ne pouvais pas penser à toutes les choses que je voulais qu'il fasse avec ses délicieuses mains.

Mon attention fut arrachée quand Maisie appela mon nom. Je la regardai, et dis :

— Ouais ?

— Je demandais si tu allais demander un permis de pêche à l'épuisette cet été.

— Bien sûr. Je ne raterais jamais une occasion. Il faut juste que je décide d'où. Le Kenai, le Kasilof ou China Poot, répondis-je en parlant de deux rivières et d'une petite baie.

La pêche du saumon à l'épuisette était une activité adorée des locaux en Alaska. C'était aussi simple que possible : on jetait le filet dans l'eau pour attraper les poissons qui passaient. Toutes les variétés de saumon d'Alaska valent leur pesant d'or en magasin, mais les résidents ont l'occasion de s'acheter un permis pour attraper autant de saumons qu'ils le souhaitent. Le saumon sauvage et tout frais sorti des eaux d'Alaska était un privilège dont peu de gens profitaient. Ayant grandi ici, je savais que j'étais pourrie gâtée.

— À l'épuisette ? demanda Remy.

— Oh mon Dieu, tu n'as pas encore fait ça ! s'exclama Maisie. Remy, il faut que tu le fasses. C'est génial. Je pensais que c'était fou quand j'ai déménagé ici, et maintenant je pense que ça me tuerait de rater la saison.

Beck posa son bras sur les épaules de Maisie, se penchant pour lui déposer un bisou sur la joue.

— Ma nana est hardcore. Un bonus quand t'as des enfants, c'est qu'on a le droit de pêcher plus de poissons pour chaque enfant.

— Oh, enfin une bonne raison de faire plus d'enfants ! lança Levi avec un rire.

Beck, père fier qu'il était, haussa simplement les épaules.

— Je crois qu'on est au max avec deux mômes. Mais c'est sympa. Ça fait cinquante-cinq saumons. L'année dernière, dans le Kenai, on a pêché plus de cinquante kilos. Il nous en reste encore un peu, même si ça ne durera pas plus d'une semaine ou deux.

Remy me regarda, l'air toujours perdu.

— OK, la pêche à l'épuisette c'est un type de pêche au filet. Donc pas de canne à pêche, juste un filet que tu tiens à la main. Quand tu es résident, tu peux obtenir un permis. Mais il faut choisir où, parce que tu ne peux obtenir qu'un seul permis, pour un lieu précis. Tout le monde a un avis sur le meilleur coin de pêche, mais tous les emplacements sont bons, si tu veux mon avis. C'est vraiment génial, et il faut que tu le fasses. D'habitude, on organise un voyage tous ensemble, parce que trouver une place de parking est un cauchemar.

Beck regarda Remy.

— Mec, c'est comme un combat de catch, mais version parking.

— Eh bah, j'adore le saumon, donc je suis partant. Où est-ce que je demande mon permis ?

La conversation continua sur diverses opinions sur les différents coins de pêche, et quelle serait la meilleure option pour la première année de pêche à l'épuisette pour Remy. Personne ne resta très tard cette nuit-là, pas alors que Charlie avait l'air épuisée. Elle me lança quelques regards lourds de sens au cours de la soirée, et je m'affairais pour l'ignorer.

Alors que Remy avait une main chaude sur ma cuisse et que ses doigts caressaient de temps en temps le sommet de ma jambe, j'étais dans tous mes états quand le diner prit fin.

Tandis que le groupe commençait lentement à se défaire et qu'on était debout à côté de la table, Charlie me jeta un regard.

— Tu as toujours besoin que je te dépose ?

La main de Remy glissa le long de mon dos et il répondit pour moi.

— Je peux la raccompagner.

Avant même que j'aie le temps de répondre, Charlie lâcha :

— Super. À demain. Je viens te chercher pour le boulot, ça te va ?

— Tu es sûr que ça ne te dérange pas de me déposer ? demandai-je en regardant Remy. La chaleur contenue dans ses yeux me coupa presque le souffle.

— Absolument pas.

Bon Dieu, cet homme pourrait parler de la météo, et je trouverais ça excitant. Ce n'était qu'un tour en voiture, mais j'étais déjà terriblement excitée.

Alors que sa main réchauffait mon dos et que ses doigts caressaient le haut de mes fesses, on marcha vers la sortie. Le battement de mon cœur était si puissant que c'était presque la seule chose que j'entendais.

Quand on arriva sur le parking, le silence nous enveloppa dès que la porte se referma. Je pris une goulée d'air frais, ordonnant à mon corps de se calmer.

Mon corps n'écouta pas. Il ne semblait s'intéresser qu'à Remy et se demander à quelle vitesse je pouvais l'avoir en moi.

Les phares arrière de la voiture de Charlie brillaient dans l'obscurité presque totale alors qu'elle sortait du parking. Un couple passa à côté de nous pour entrer dans le Wildlands, le son de la porte se refermant derrière eux résonnant lourdement dans le silence. Remy baissa les yeux et attrapa ma main. Sa prise était chaude et ferme tandis qu'on avançait vers sa voiture.

Les lumières du bar se réfléchissaient sur la surface du lac Swan, derrière le parking. Un corbeau croassa vivement dans l'obscurité, le son de ses ailes battant l'air parfaitement audible alors qu'il passait au-dessus de nous.

Pendant tout ce temps, mon cœur battait la chamade et ma respiration était superficielle.

Comme d'habitude, Remy était un gentleman. Il ouvrit la porte de son pickup pour moi, s'assurant que j'étais bien installée avant de la refermer. Ça faisait entièrement partie de qui il était. Après Bruce, qui en avait fait des caisses avec ce genre de gestes au début de notre relation, j'avais supposé que tout homme qui ferait la même chose me donnerait envie de m'enfuir en courant.

Mais avec Remy, pas du tout. Avec lui, l'aura de force et de besoin protecteur était si omniprésente que ça me donnait simplement envie de plonger en lui. Il ne faisait rien faussement. Et pourtant, c'était l'homme le plus purement masculin que j'avais jamais rencontré.

Quand Remy se gara devant chez moi, je vibrais presque sur le siège passager. Le désir chantait dans mes veines. Il avait conduit jusque chez moi avec une main sur le volant et l'autre posée sur la cuisse. Je ne savais pas s'il cherchait à me rendre folle d'envie ou pas.

Son toucher était comme un fer rouge contre ma peau. De temps en temps, sans qu'il semble s'en rendre compte, il caressait ma cuisse de son pouce, juste à l'endroit où ma hanche rejoignait ma cuisse, ce qui me mettait dans tous mes états. Ma culotte était trempée et mon cœur battait la chamade. Et tout ce temps, les papillons dans mon estomac dansaient en tornade alors que le reste de mon corps picotait d'une luxure profonde.

# Chapitre Vingt-Et-Un

# REMY

J'avais réussi à rester rationnel, par un acte divin. Ce qui en disait long, étant donné que j'avais hésité à baiser Rachel dans ma voiture à la seconde où je m'étais garé devant chez elle. J'étais en feu depuis que j'avais posé les yeux sur elle ce soir.

La seule chose qui m'arrêta fut l'aboiement d'Henry de l'autre côté de la porte. Je savais qu'il avait sans doute besoin d'aller faire un tour dans le jardin. C'est pour cela que je décidai de ne pas tirer Rachel sur mes genoux pour m'enfoncer en elle sur-le-champ. Au son d'un second aboiement, Rachel me quitta du regard et se concentra sur sa maison. Nous étions restés assis à nous regarder dans ma voiture.

L'air était électrique, comme quand un orage se prépare. Lourd et annonciateur de ce qui vient. Dans notre cas, les éclairs et le tonnerre n'existaient qu'entre nous. On créait notre propre météo.

Alors que le désir régissait tout mon corps, je suivis le mouvement, ouvrant la porte de Rachel, l'accompagnant jusqu'à sa porte et proposant même de sortir Henry. Je méritais une fichue médaille pour ma retenue, du moins d'après moi. Rachel resta derrière moi dans l'obscurité tombante. Alors que les jours s'allongeaient petit à petit, je découvrais que le coucher de soleil durait des heures en Alaska.

— Je suis rentrée sur ma pause déjeuner et je l'ai sorti. Je fais ça presque tous les jours. Quand le bureau est calme, de temps en temps, je l'emmène avec moi, expliqua-t-elle alors qu'elle jetait une balle pour Henry.

Il traversa la petite pente derrière sa maison en courant.

En la regardant, je souris.

— Lui faire rapporter une balle est une façon facile de le fatiguer.

Comme s'il voulait me répondre lui-même, Henry revint vers nous en courant, lâchant la balle à mes pieds. En levant la balle de tennis, je la jetai loin, tandis qu'il remuait la queue à chaque pas en fonçant vers les arbres.

— Exactement, répondit Rachel. Quelques lancers de plus et on peut le faire rentrer, il va s'effondrer. J'aime beaucoup aller courir avec lui le matin. Ça le fatigue assez pour que je puisse supposer qu'il dorme quand je ne suis pas là.

Henry revint avec la balle et je la lançai à nouveau.

Alors qu'on rentrait vers la maison quelques minutes plus tard, je baissai la main pour ajuster l'avant de mon jean. Ma queue était tendue depuis ce qui me semblait être des heures. Rachel était l'unique responsable de mon état. Je me demandais si elle savait à quel point j'avais envie d'elle.

Après qu'on fut retournés à l'intérieur, et qu'Henry eut bu un peu d'eau, il choisit son fauteuil préféré et alla se coucher. On se tenait juste à côté du comptoir de la cuisine. En tendant le bras, j'attrapai la main de Rachel et l'attirai vers moi, lâchant un grognement quand son corps doux se colla au mien.

Je n'avais pas envie d'attendre ou de faire dans la finesse.

— J'ai besoin de toi, murmurai-je juste avant de poser mes lèvres sur les siennes.

Elles étaient douces, sa bouche était chaude et sucrée quand j'y plongeai la langue.

Elle gémit dans ma bouche, se cambrant contre moi, passant une main sur mon torse et l'autre dans mon cou, ses doigts s'accrochant à mes cheveux. Notre baiser ne commença pas lentement. C'était comme plonger dans un feu, nos langues s'emmêlant, nos souffles et nos grognements se rencontrant.

J'avais besoin de la goûter, tout d'un coup. Avec un gros mot retenu, je m'éloignai pour prendre une bouffée d'air. Henry remua dans son sommeil, le son de sa queue remuant contre le fauteuil me sortit du brouillard de désir qui occupait mon esprit.

— Chambre. Tout de suite.

— Oui, s'il te plait, dit-elle avec un petit rire en embrassant mon cou.

La caresse de ses dents frappa mon corps comme un éclair.

Je la soulevai contre moi et grognai quand elle enroula ses jambes autour de ma taille, balançant ses hanches contre ma bosse.

— Bon sang, ma belle, tu me tues.

Je sentais la chaleur sucrée de son antre à travers mon jean et son pantalon en coton. Ce soir, elle portait ce qu'elle avait porté au boulot. C'était une tenue parfaitement pragmatique et, en soi, il n'y avait rien de sexy là-dedans. Mais sur elle, une blouse en coton était incroyablement sexy à mes yeux.

Passant la porte de sa chambre, je la fermai du pied

avant de la poser. Nos vêtements disparurent dans un mélange brouillon. Je ne réfléchissais pas. Du tout. La seule pensée qui se répétait en boucle dans ma tête était « plus, plus, plus ».

Tout était un brouillard de sensations. Je me retrouvai sur le dos, sur le lit de Rachel, alors qu'elle était assise sur moi, à califourchon. Sa chatte lisse glissait sur ma queue brûlante alors qu'elle balançait ses hanches d'avant en arrière. Ses yeux bleus brillaient dans la lumière tamisée, et ses tétons roses étaient humides de quand je les avais sucés quelques instants plus tôt.

Mes doigts plongeaient dans la courbe généreuse de ses hanches. Elle glissa encore d'avant en arrière, se reculant pour se pencher en avant et passer se langue sur la base de ma queue, vers mon gland, avalant la goutte de liquide pré-séminal qui s'en échappait.

— Ma belle, il faut que je sois dans ta petite chatte. Tout de suite, ordonnai-je.

Rachel se redressa, un sourire lent s'emparant de ses lèvres alors qu'elle me regardait d'en haut.

— Waouh, tu donnes beaucoup d'ordres ce soir, lança-t-elle d'un ton joueur.

Je ne réfléchissais même pas. J'avais ma queue dans ma main et je la soulevai avant même de réaliser que je n'avais pas enfilé de préservatif.

— Merde, marmonnai-je alors que je roulais sur le côté, me demandant où mon pantalon avait terminé.

Elle resserra ses genoux sur mes hanches. Elle était forte, juste assez forte pour interrompre mon mouvement.

— Où est-ce que tu vas exactement ?

Ses yeux brillèrent alors qu'elle me regardait d'en haut.

— Capote, crachai-je.

Clairement, elle avait oublié aussi, car elle écarquilla les yeux. Elle resta immobile un instant, en me regardant simplement.

— Je prends la pilule. Je ne sais pas...

Elle laissa sa phrase en suspens quand mon souffle siffla entre mes dents.

Elle commença à reculer, mais je l'attrapai par les hanches à nouveau.

— Tu es sûre ? demandai-je.

— Est-ce que je suis sûre que je prends la pilule ? contra-t-elle avec un rire incrédule. Bien sûr que je suis sûre. Et je suis en pleine santé. Je suis assistante médicale, donc je suis plutôt au taquet sur ce genre de choses. Et je n'ai couché avec personne depuis un an. Enfin, à part toi.

Je n'avais jamais couché avec qui que ce soit sans préservatif. Mais je faisais entièrement confiance à Rachel.

— Je ne te remettais pas en question, dis-je en levant la main, écartant ses cheveux emmêlés de sa joue. Je n'ai jamais couché avec qui que ce soit sans préservatif, donc je suis complètement clean. Mais c'est toi qui décides, pas moi. C'est pour ça que je demandais si tu étais sûre.

On se regarda un long moment, et mon cœur se serra dans ma poitrine. Il y avait ce je ne sais quoi chez Rachel. Oui, il y avait ce désir sauvage que je ressentais pour elle qui surpassait tout ce que j'avais jamais ressenti pour qui que ce soit d'autre. Mais c'était plus que ça. Bien plus.

Quelque chose traversa les profondeurs de ses yeux puis elle installa ses hanches sur moi à nouveau, passant sur ma queue dure et impatiente avant de se soulever légèrement. Même si je mourais d'envie de prendre le contrôle, c'était tellement canon de la laisser diriger.

En passant la main entre nous, elle attrapa la tête de ma queue et la plaça à l'entrée de sa chatte, me faisant presque exploser immédiatement. Je sentais la chaleur humide de sa chatte qui épousait ma queue. Mais il m'en fallait plus, et cette pensée me permit de tenir un peu plus longtemps.

Elle m'avala en son centre lentement, centimètre par centimètre, jusqu'à ce que je sois enfoui au plus profond d'elle. Je la regardai avec des yeux lourds. Elle resta immobile, son regard planté dans le mien.

Je ne pouvais pas m'en empêcher. J'avais besoin de la goûter encore. En me redressant, je pris son téton dans ma bouche, le suçant fort et enroulant ma langue sur la pointe avant de la mordre doucement en me retirant.

Son cri fort m'encouragea. Je l'attrapai par les hanches, suivant son mouvement alors qu'elle se redressait et plongeait sur moi. Elle m'avala dans sa chaleur serrée et humide encore et encore et encore. Ses ongles plongèrent dans mon torse là où elle avait posé sa main. Quand elle passa sa main entre ses cuisses pour passer ses doigts sur son clitoris brillant alors que je plongeais en elle, je perdis le contrôle.

— Tellement canon, grognai-je alors que mes doigts s'enfonçaient dans la peau douce de ses hanches.

Sa chatte se mit à palpiter et à se resserrer sur ma queue alors qu'elle jouissait, jetant sa tête en arrière en hurlant mon nom.

Mon propre orgasme suivit immédiatement. La pression se rassembla dans mes couilles et à la base de mon dos. Avec un choc électrique, l'explosion traversa mon corps comme un orage. Elle était tellement serrée, chaude et mouillée, à palpiter autour de moi quand mon plaisir se déversa en elle.

Elle tomba sur moi avec un gémissement doux, installant immédiatement sa tête dans le creux de mon cou. Mes bras vinrent l'entourer et je m'accrochai fort. Ma queue sursauta à chaque vibration de sa chatte sur moi.

En fermant les yeux, je respirai son odeur et profitai de la sensation de son corps autour du mien. Après quelques minutes, elle déposa des baisers dans le creux de mon cou et se redressa sur un coude, posant son menton sur sa main, sur mon torse.

C'était un réel effort d'ouvrir les yeux, simplement parce que j'étais épuisé de cet orgasme. Je ne savais pas comment interpréter ce que je lisais dans ses yeux, mais mon cœur se serra comme un poing en guise de réponse. En levant la main, j'écartai ses cheveux humides de son front. On était tous les deux épuisés. Bon sang, j'avais l'impression d'avoir couru un marathon.

Elle sourit et demanda doucement :

— Tu restes ?

# Chapitre Vingt-Deux

# RACHEL

*Si tu veux bien de moi.*

Les mots de Remy résonnaient dans mon esprit quelques jours plus tard. Comme si j'étais capable de lui dire non. Dormir avec Remy était un paradis. Il était fort et chaud et me tenait dans ses bras toute la nuit. Je le savais, car il avait passé toutes les nuits chez moi depuis ce soir-là, et que je me demandais si j'étais folle.

Les gens disent qu'on reconnait le vrai amour quand on le trouve. On lit des contes de fées et on se dit que ça ne nous arrivera jamais. Vous savez, ces histoires bêtes sur comment on est certaine quand on a trouvé l'Homme de sa vie. Avec une majuscule, parce que voilà.

Quand j'ai rencontré Remy, quand il venait d'arriver à Willow Brook, je ne me suis pas dit que c'était l'homme de ma vie. Mais ce n'était que quelques mois après tout ce qu'il s'était passé avec Bruce. Mes bleus avaient disparu à l'extérieur, mais pas à l'intérieur. Ceux-là étaient plus profonds, si profonds que ça me faisait encore un peu mal quand j'y pensais aujourd'hui, plus d'un an plus tard.

Je ne pensais pas qu'un homme pourrait un jour être l'homme de ma vie. J'étais plutôt certaine du fait qu'aucune femme ne pouvait résister au charme de Remy. La force de sa présence était tellement évidente et puissante, j'imaginais que tout le monde le sentait.

Mais maintenant... Maintenant, je savais ce que ça faisait d'être avec lui. Je savais ce que ça faisait de penser que quelqu'un était l'homme de votre vie. Je doutais que je trouverais un jour quelque chose comme ce qu'il se passait entre Remy et moi. C'était trop rare, trop unique.

Après ce que j'avais vécu, je m'étais dit que faire confiance à un homme si profondément un jour serait impossible pour moi. Mais je faisais confiance à Remy de tout mon être. Ça n'avait aucun sens, car on ne se connaissait pas depuis si longtemps, pas intimement.

Je me sentais parfaitement en sécurité avec lui. Au point où quand il me donnait des ordres au lit, j'adorais ça. Le simple fait d'y repenser me faisait rougir. La nuit dernière, quand il m'avait claqué les fesses et m'avait dit qu'il me voulait pliée en deux sur le comptoir de la cuisine pour pouvoir réaliser ce fantasme, je n'avais même pas hésité. J'avais retiré mon T-shirt, retiré mon jean et je m'étais penchée en avant.

La soie de ma culotte était trempée, et il n'avait pas perdu beaucoup de temps à s'en débarrasser avant d'enfoncer sa queue profondément en moi et de me prendre jusqu'à ce que j'explose. J'avais été si satisfaite et faible qu'il avait dû me porter jusqu'à mon lit.

Demain c'était vendredi, et je me disais que je voulais Remy pour moi toute seule tout le weekend. Pour empirer les choses, ou les améliorer, selon le point de vue, ce n'était pas juste le sexe. Le sexe était incroyable, plus que génial. Mais il y avait plus que ça.

C'était le fait qu'Henry l'adorait et que Remy ne supposait jamais savoir ce que je voulais, ou qui j'étais. C'était le fait qu'il pouvait être incroyablement autoritaire, et alpha, quand on était intimes, et que sa présence était comme un velours d'acier. Je savais qu'il ne me ferait jamais de mal. Je savais qu'il me respectait entièrement.

Avant Bruce, je n'avais jamais rencontré d'homme qui m'avait fait tomber à la renverse. Avec le recul, ce qui s'était passé avec Bruce était bien différent de quelqu'un qui vous séduit et vous fait tomber à la renverse. Il m'avait charmée, au début. Puis pendant le premier mois, il m'avait déstabilisée et avait créé beaucoup de confusion.

J'avais confondu ça, cette intensité, ce sentiment d'être submergée, avec l'impression de tomber amoureuse de quelqu'un. Car j'étais terrifiée et que je ne savais pas comment reconnaitre ce sentiment. Je m'étais lentement avancée vers un désastre et une relation destructrice.

Avec Remy, j'étais terrifiée aussi, mais pour des raisons entièrement différentes. La seule inquiétude que j'avais était qu'il pouvait me briser le cœur. Ce saut tête la première dans une aventure émotionnelle et sexuelle si intense me donnait l'impression d'être vulnérable et à nue. Les murs en moi qui me protégeaient de mes émotions depuis tout ce temps étaient soudainement faits de sable.

Je n'avais aucune idée de ce que Remy ressentait pour moi. Je savais qu'il avait le même désir intense, car je le sentais dans notre intimité. Mais je ne savais pas ce que je représentais pour lui.

Quelqu'un frappa rapidement à ma porte avant de

l'ouvrir. En levant les yeux, je vis Charlie entrer dans mon bureau. Elle s'installa sur la chaise en face de mon bureau et me lança un sourire amusé.

— Alors, qui est Gavin Remy ? demanda-t-elle.

— Hein ?

— Ouais, c'est le môme que je viens de voir en consultation. Tu sais, le petit garçon, tout chou avec une dent de devant en moins ? Qui s'est cassé le doigt de pied dans les escaliers ?

— Ouais, c'est Gavin Stanton, dis-je lentement en faisant tourner ma chaise pour faire face à mon ordinateur et cliquer sur un bouton. Je viens d'entrer les infos dans son...

Je ne finis pas ma phrase quand je réalisai que j'avais entré son nom sous Gavin Remy.

Je n'essayai même pas de cacher le pourpre de mes joues quand je me tournai à nouveau vers Charlie.

— Oui, bon, je me suis trompée sur son nom. Je corrige tout de suite, dis-je alors que je corrigeais rapidement mon erreur avant de sauvegarder.

Charlie me répondit avec un sourire malin et lourd de sens.

— Alors, comment ça se passe avec Remy ?

Je souris, car je n'avais pas envie de me cacher.

— Ça se passe super bien. Je ne sais pas ce que ça veut dire, mais j'essaie de faire ce que tu as dit, expliquai-je en faisant référence à notre conversation de l'autre jour. Je vis dans l'instant sans me prendre la tête.

— Donc je suppose que le « moment », dit-elle en ajoutant des guillemets, implique le fait que Remy passe toutes ses nuits chez toi. Alors, ne m'accuse pas de faire ma commère. Tu sais qu'il faut que je passe devant chez toi pour aller au boulot, et j'ai vu sa voiture devant ta maison ces trois derniers jours. Tu voudras peut-être savoir que j'ai fait mes recherches et qu'apparemment, Remy est un gars super, bien sous tous rapports. Ses parents sont morts, ce qui est très triste, et il est très proche de sa sœur. D'après Jesse, il téléphone à sa sœur presque tous les jours. Les gars pensent tous qu'il est super et qu'il est en lice pour un poste de contremaitre bientôt, s'il reste dans le coin. J'ai même demandé à Rex de regarder son casier judiciaire. Rex m'a un peu fait la leçon et m'a dit que j'étais trop curieuse. Il a aussi ajouté que pour obtenir son poste, Remy devait avoir un casier vierge, et que c'était le cas. Jesse dit que Remy n'est sorti avec personne depuis qu'il est arrivé à Willow Brook. Donc, en ce qui me concerne, vous devriez tomber amoureux et vous marier. Vous feriez de super bébés.

Je manquai de recracher la gorgée de café que je venais d'avaler. Charlie rit et haussa les épaules.

— Désolée, peut-être que je m'emballe, mais tu ne peux pas m'en vouloir. Je pense tout le temps aux bébés parce que le mien donne plein de coups de pied.

En attrapant un mouchoir dans le tiroir de mon bureau, j'essuyai les gouttes de café sur mon bureau et secouai la tête.

— Je vais laisser passer pour cette fois, mais ouais, tu t'emballes.

— Je veux juste que tu aies quelqu'un. Et Remy te regarde comme s'il allait te dévorer, et c'est ultra-canon.

Notre conversation fut interrompue par un coup à la porte, avant que quelqu'un ne l'ouvre. Emily se tint devant nous.

— Hey ! annonça Em alors qu'elle entrait dans mon bureau.

Charlie se tourna pour la regarder avec un grand sourire.

— Salut. Je perds la tête ou tu es en avance ?

Em s'installa sur la chaise à côté de Charlie, pliant ses genoux vers sa poitrine et posant son menton dessus.

— Tu ne perds pas la tête. J'ai terminé mon contrôle en avance et j'ai tout validé, répondit-elle.

Elle lança ensuite un petit sourire timide.

Je me levai rapidement de ma chaise et fis le tour du bureau en courant pour la prendre dans mes bras.

— Super ! C'est de ma part et de celle de Charlie. Parce qu'elle est fatiguée et qu'on ne veut pas la faire se lever, dis-je en serrant Emily très fort.

Em avait eu quelques années difficiles avec la mort de sa mère, l'absence de son père et son déménagement en Alaska après la mort de son grand-père. On pouvait dire qu'elle avait vécu une sacrée transition. Elle avait été très inquiète de ses examens au lycée, et nous en avait parlé, à Charlie et moi. Elle était très intelligente, et on savait qu'elle allait s'en tirer sans soucis, tant que son anxiété ne prenait pas le dessus.

Quand je reculai, les yeux d'Em étaient pleins de larmes. Je retins l'envie d'être sarcastique. Avec une amie, ça aurait peut-être été différent, mais le fait qu'Em se laisse ressentir quoi que ce soit était bien trop important pour que je fasse une remarque.

Charlie se leva et la prit dans ses bras avec un rire.

— Je me fiche de ce que tu penses, je te prends dans mes bras.

Une fois qu'on se retrouva toutes les trois assises, Em nous regarda toutes les deux.

— D'accord, à toi, dit-elle en me regardant, ses yeux gris si similaires aux yeux de Charlie.

— À moi ? contrai-je.

— Ouais, ouais. Charlie n'en a pas parlé, mais je ne suis pas aveugle. Je sais que Remy dort chez toi. Parce que je sais à quoi ressemble sa voiture et que je l'ai vue devant ta maison, dit-elle avec un sourire malin.

Charlie explosa de rire.

— Crois-moi, tu ne peux rien cacher à des ados.

Mes joues étaient brûlantes. Bon Dieu. Je n'avais jamais pensé au fait qu'avec son boulot à la caserne de Willow Brook, Em connaissait tous les pompiers et savait le genre de voiture que chacun conduisait.

Avec un soupir, je secouai la tête.

— Aucun secret avec toi, j'imagine. Eh bah, on se voit en ce moment, dis-je enfin, sans trop savoir comment expliquer à une fille de seize ans que je m'envoyais en l'air comme une folle depuis trois nuits.

Em en savait un petit peu sur mon passé avec Bruce. Pas parce que j'avais choisi de lui dire, mais parce que Charlie avait suggéré qu'on en parle. Comme on ne vivait pas loin les unes des autres, et qu'elles passaient devant chez moi tous les jours, elles faisaient attention aux voitures qui pourraient être la sienne. L'autre problème était que Charlie était venue me voir à l'hôpital. Je n'avais pas eu envie de mentir ou de cacher quoi que ce soit, mais j'avais trouvé ça très gênant.

En plus, l'arrestation de Bruce avait fait la une du journal local. Em aurait pu tout découvrir d'elle-même. Donc avec mon accord résigné, Charlie avait amené Em à l'hôpital avec elle pour me voir. Elle avait été adorable et s'était beaucoup inquiétée pour moi. Je n'aimais pas savoir qu'elle s'inquiétait, mais je ne pouvais pas faire grand-chose pour l'en empêcher.

Depuis lors, elle ne m'avait jamais posé de questions sur ma vie romantique. Je savais qu'elle en avait, des questions, car c'était une ado typique, avec des questions sur tout.

Dépliant ses genoux, elle tapa le bout de sa botte

contre l'arrière de mon bureau et pencha la tête sur le côté.

— J'aime bien Remy, annonça-t-elle fermement.

— Vraiment ? demandai-je sans pouvoir m'empêcher de sourire.

Charlie acquiesça vigoureusement.

— C'est ce qu'elle m'a dit hier soir. D'ailleurs, Em pense qu'il est parfait pour toi.

Em gloussa.

— C'est vrai. C'est vraiment un gars gentil. Il m'a montré comment changer un roulement de roue la semaine dernière. Il est vraiment patient et il sait tout. C'est pas un gars chelou, pas du tout. Et je ne sais pas s'il est sorti avec qui que ce soit depuis qu'il a déménagé ici l'année dernière. Mais si jamais c'est le cas, il est ultra-discret, expliqua-t-elle, les yeux écarquillés.

Charlie explosa de rire en même temps que moi. Quand on se calma, je trouvai le regard d'Em.

— Eh bah, je suis contente que tu l'aimes bien. Je l'aime bien aussi.

Son sourit disparut alors qu'elle se mordait l'intérieur de la joue en nous regardant, Charlie et moi.

— J'espère que tu l'aimes bien. Parce que s'il passe la nuit chez toi, je suppose que vous couchez ensemble. Et vous m'avez toutes les deux fait la morale sur le sexe. On ne couche qu'avec quelqu'un qu'on aime bien. On ne couche qu'avec quelqu'un qui nous met à l'aise. On ne couche pas avec quelqu'un qui nous met la pression. Quoi qu'il arrive, c'est toi qui décides, dit Em fermement.

Charlie était bouche bée alors qu'elle se tournait vers Em.

— Waouh, donc parfois tu m'écoutes.

Em acquiesça fermement.

— Ouaip. Je ne fais pas toujours tout ce que tu dis,

mais ne t'inquiète pas, je suis toujours vierge, dit-elle avec un lourd soupir.

Ce qui nous fit rire à nouveau, Charlie et moi.

— Dieu soit loué, lançai-je.

Em leva les yeux au ciel et haussa les épaules.

— Bref. Après ce que tu as vécu, je pense que tu mérites un gars comme Remy.

Charlie me regarda et me fit un clin d'œil.

— Tu vois, je disais la même chose.

# Chapitre Vingt-Trois

# RACHEL

La nuit suivante, pour la première fois en quatre jours, Remy n'était pas là. Je lançai la balle à Henry qui partit en courant la chercher. Remy me manquait.

*Tu es un peu ridicule. C'est tout nouveau votre affaire, vraiment nouveau, et tu n'as aucune idée de s'il ressent quoi que ce soit de similaire à ce que tu ressens.*

J'écartai ces pensées. La voix moqueuse dans ma tête avait pu se faire les muscles dans l'après-Bruce, laissant une piste de destruction, écrasant ma confiance en moi et effaçant toute estime qu'il me restait.

La seule raison pour laquelle Remy n'était pas là était parce qu'il était parti en déplacement de formation avec son équipe à Fairbanks. Apparemment, ils allaient travailler avec deux autres équipes de pompiers forestiers dans le nord pour former quelques nouveaux membres dans une zone à risques.

Ce n'était pas comme s'il m'évitait. D'ailleurs, il n'était parti que ce matin, après un baiser à m'en faire trembler les genoux, qui s'était rapidement transformé en un coup rapide contre le comptoir de la cuisine.

Henry était revenu rapidement, déposant la balle à mes pieds. Après un autre lancer, Henry lâcha un aboiement violent, sa fourrure se dressant alors qu'il s'arrêtait à côté de moi. Son attention était tournée vers quelque chose à l'avant de la maison.

Immédiatement, les poils de ma nuque se redressèrent et mon estomac se serra en un nœud, alors qu'une envie de vomir s'emparait de ma gorge. Je savais sans le savoir que Bruce était là.

Je sortis mon téléphone de ma poche. Je n'avais même pas envie de me retourner, mais je savais qu'il fallait que je le fasse. Henry resta juste à côté de moi. J'avais envie de pleurer parce que j'avais l'impression que mon chien avait plus de courage que moi.

En me retournant, je remarquai immédiatement la voiture de Bruce. Je ne l'avais pas reconnue plus tôt, car ce n'était pas ce qu'il conduisait avant d'aller en prison. À l'époque, il avait un vieux pickup. Maintenant, c'était un SUV noir avec des vitres teintées. Je détestais ça.

Je composai le numéro d'urgence, levant le téléphone vers mon oreille sans bouger. Je n'allais pas faire à Bruce le plaisir de m'avancer vers lui pour lui demander de partir. Il était comme ça. Il adorait manipuler ce genre de situations, ça l'excitait. J'imaginais qu'il allait faire comme si je ne lui avais jamais demandé de partir.

En déglutissant, la gorge serrée, j'ignorai la peur qui battait dans ma poitrine, déchirant le bleu sur mon cœur que je gardais si bien caché.

La voix familière de Maisie répondit.

— 911, quelle est votre urgence ?

Je pris une grande inspiration pour essayer de parler. Maisie continua avant même que je réussisse à traverser le mur de ma gorge.

— Hé, Rachel, ne sois pas parano. Ton numéro s'est affiché sur mon localisateur, je sais que c'est toi. Bruce est là ? demanda-t-elle d'un ton calme et rassurant.

En fixant sa voiture, je réussis enfin à parler.

— Ouais, il est au bout de mon allée, il bloque la sortie.

— Je suppose que tu es seule parce que Remy est à Fairbanks avec son équipe, c'est bien ça ?

— Ouais, ouais. J'imagine qu'il n'y a pas de secrets dans cette ville, hein ?

J'essayai de rire et de faire une blague, mais la seule chose que j'avais envie de faire, c'était pleurer.

— Rex est en chemin vers chez toi, avec des renforts, répondit Maisie calmement.

Pour l'instant, elle ignora ma pauvre tentative d'humour.

— Tu restes au téléphone avec moi jusqu'à ce qu'ils arrivent, d'accord ?

— Ne t'inquiète pas, je ne vais pas raccrocher. Je ne crois pas que Bruce ait prévu de sortir de sa voiture. Il joue à l'un de ses jeux tordus où il veut que je vienne le voir pour lui dire de partir. Tout est un jeu pour lui, dis-je amèrement.

— Évidemment. Mais tu vas bien. Rex devrait être là dans moins d'une minute. Où est Henry ?

Je tendis la main pour lui caresser le dos.

— Il est juste à côté de moi. Il n'est pas content. Il n'a jamais rencontré Bruce, mais il sait que ce n'est pas un gars bien, même de loin.

— Rex dit de te dire qu'il arrive sans sa sirène. Il ne veut pas laisser le temps à Bruce de partir. C'est une violation claire de la mesure d'éloignement, donc il veut le prendre sur le fait.

— Bonne idée. Comment est-ce que tu sais tout ça ?

— On a une application avec un chat où j'écris tout. Il était pas loin de chez toi quand tu as appelé.

— Oh, d'accord. Alors, comment se passe ta journée ? demandai-je en cherchant quelque chose à dire au lieu de rester là en silence à tenir mon téléphone, comme si cet objet lui-même allait me sauver.

— Ça va. Ça ira mieux quand je saurai que Rex est là.

— Il est là, dis-je au moment où je vis la voiture de police arriver sur la route.

— Reste avec moi jusqu'à ce que Rex sorte de sa voiture, d'accord ? demanda Maisie.

— Tu sais, tu es un peu autoritaire pour une opératrice, lançai-je, moqueuse.

Le soulagement d'avoir Rex ici et de savoir que je n'étais pas seule était immense. J'étais déchirée entre l'envie de fondre en larmes et de rire jusqu'à en perdre le souffle.

Rex leva la main pour me saluer en se garant derrière Bruce et sortit de sa voiture. En une demi-seconde, Bruce appuya sur la pédale de gaz, le gravier crissant sous ses pneus. J'étais surprise que Rex ait choisi de sortir de sa voiture, mais j'aurais dû le voir venir. Quelques secondes plus tard, ses renforts foncèrent sur la route, à la poursuite de Bruce.

J'étais surprise que Bruce reste dans mon allée aussi longtemps que ça, sachant qu'il pouvait voir que j'étais au téléphone. Mais là encore, Bruce était à la fois rusé et stupide. Quand il avait l'opportunité d'imposer son pouvoir de domination, il la prenait, quelles que soient les conséquences.

J'avançai vers l'avant du jardin, rejoignant Rex au

milieu de mon allée. Henry fit le tour du chef de police avec de petits sauts, secouant sa queue comme un fou.

Rex caressa la tête d'Henry pour lui dire bonjour.

— Je vais suivre mon gars. J'en ai un autre au bout de la rue, donc Bruce ne va pas s'en tirer. Tu vas bien ?

Je hochai la tête, maladroitement, en essayant de prendre une grande inspiration, sans succès.

— Il ne s'est rien passé, il s'est juste garé au bout de l'allée. Je ne sais pas à quoi il joue. Je croyais qu'il était avec quelqu'un d'autre.

— Il vit toujours chez sa nouvelle copine, dit Rex en acquiesçant. Je le surveille. Mais les gars comme lui, rien ne les énerve autant qu'une femme qui les quitte vraiment. J'ai déjà appelé le juge. Elle est en train de rédiger les chefs d'accusation pour violation de la mesure d'éloignement. Y a pas à débattre, je l'ai vu ici.

Rex resta silencieux un moment en regardant la maison, Henry, puis moi.

— Si Remy était en ville, je te dirais de t'assurer qu'il soit chez toi ce soir. Même avec un chef d'accusation, il y a de bonnes chances que Bruce paie sa caution ce soir.

Je hochai la tête.

— Je suis censée diner chez Charlie ce soir, je serai là-bas.

# Chapitre Vingt-Quatre

# REMY

L'avion décolla dans le ciel et je regardai au loin le sommet de Denali s'élever haut, au centre du paysage. La ligne neigeuse reculait de plus en plus vers les montagnes. Le sommet resterait enneigé toute l'année, mais les flancs allaient fondre et retrouveraient leurs couleurs avec les saisons chaudes.

Je me souvenais de la première fois où j'avais pris l'avion vers la campagne avec une équipe l'automne dernier. La nature alaskienne était magnifique et m'avait laissé sans voix avec ses kilomètres sans fin de beauté sauvage. Les sommets et pentes des montagnes, les lacs et les rivières, les hectares de forêt et, plus près de la côte, les glaciers qui brillaient face au bleu du ciel. Alors que l'avion tournait vers Willow Brook, le lac Swan apparut au loin, reflétant les rayons d'un soleil de fin de journée.

J'adorais mon boulot. Depuis toujours. Quand j'avais fait ma formation de pompier en Caroline du Nord, je m'étais retrouvé dans le sentiment d'urgence, le sentiment de faire quelque chose qui comptait. Mon père était pompier volontaire pendant un temps, quand j'étais enfant. C'était ça qui m'avait donné envie de m'inscrire à la formation de pompier volontaire quand j'avais atteint la majorité. J'étais resté volontaire pendant ma licence à l'université publique de Caroline du Nord-Ouest. En fin de compte, mon diplôme universitaire ne m'avait pas beaucoup servi parce que j'avais accepté un poste de pompier à temps plein dès la fin de mon diplôme.

J'avais profité de ça quelques années puis j'avais eu envie de prendre mon envol vers une formation de pompier forestier. On n'avait pas beaucoup de feux de forêt dans l'est, simplement parce que le terrain et les risques naturels étaient très différents. Tout ce que j'aimais dans le fait d'être pompier, mêlé à mon amour de la nature, constituait une partie de mon âme.

Ces trois dernières années, notre équipe s'était associée aux équipes de Fairbanks pour un entrainement et une mission de formation dans des zones non loin de Fairbanks. Les feux sauvages y étaient nombreux, surtout non loin de zones habitées. On avait fait un feu contrôlé et on s'était affairés à nettoyer la zone pour rendre la tâche de contenir les feux cet été plus facile.

Habituellement, personne ne me manquait quand j'étais en déplacement. Les vieilles douleurs de deuil de mes parents étaient présentes où que je sois, et Shay me manquait toujours. Mais ces trois derniers jours, c'était Rachel qui occupait mon esprit dès que j'avais le temps de penser. Je m'endormais en pensant à elle, je rêvais d'elle, et je me réveillais avec son visage en tête dès le matin.

Voir Denali me disait que Willow Brook n'était pas très loin. J'espérais pouvoir voir Rachel ce soir. Mais ce qu'il se passait entre nous était encore assez jeune pour que ce ne soit pas une certitude. J'espérais que ça le deviendrait.

En sortant mon téléphone de ma poche, je l'allumai, me demandant si nous étions assez proches de la civilisation pour avoir du réseau. Une petite barre apparut dans le coin de mon écran, c'était juste assez pour envoyer un SMS.

*Hey, j'atterris avec l'équipe bientôt. J'espère pouvoir te voir ce soir. Tu m'as manqué.*

Mes pouces hésitèrent sur ces derniers mots, mais je les écrivis quand même. Je n'avais peut-être pas prévu l'arrivée de Rachel dans ma vie, mais ça ne changeait rien au fait que je n'avais pas l'intention de la laisser filer sans qu'elle sache ce qu'elle représentait pour moi.

Mon cœur se serra quand l'avion prit un autre tournant et que je pus voir les rues de Willow Brook apparaitre au loin, une petite carte vue du ciel. Willow Brook était à une heure au nord-ouest d'Anchorage. Alors que l'océan brillait au loin, que le lac Swan trônait au centre de la ville et que les arbres s'ouvraient au pied de la montagne, une tension que je portais en moi sans m'en rendre compte s'évapora lentement.

Quand notre pilote, Fred, fit descendre l'avion vers la piste du petit aéroport de Willow Brook, je sentis mon téléphone vibrer dans ma poche.

*Salut, bien sûr, je suis libre ce soir. Appelle-moi quand tu atterris.*

Ce fut juste ce qu'il fallait pour que mon corps se mette à vibrer d'excitation. Elle ne répondit pas à mon commentaire sur le fait qu'elle m'ait manqué, mais je vis de petite bulle apparaitre sur l'écran.

*Tu m'as manqué aussi.*

Ma poitrine se serra d'émotion. Je n'avais pas réalisé que j'attendais ça.

———

Après une douche brûlante à la caserne, j'enfilai un jean et un T-shirt bleu marine. J'avais déjà appelé Rachel, prévoyant d'aller directement chez elle après avoir récupéré une pizza. Elle me dit qu'elle avait eu une grosse journée au boulot et n'avait pas eu le temps de faire les courses pour cuisiner ce soir.

Il y avait quelque chose de tellement domestique dans cette conversation, et j'adorais ça. Alors que j'attendais quelques minutes que notre pizza soit prête avant d'aller la chercher, je posai mon coude sur le comptoir qui entourait le bureau de Maisie. Levi pariait avec Beck qu'il arriverait à rentrer à la maison plus vite que lui.

Rex sortit du couloir côté police vers notre section partagée. Il nous regarda et nous lança un sourire. S'arrêtant à côté de moi, il commenta :

— Ça fait plaisir que tu sois de retour. Tu vois Rachel ce soir ?

— Oui, même si c'est vraiment pas tes affaires, répondis-je.

Rex leva les yeux au ciel.

— Crois-moi, je me fiche bien de ta vie amoureuse. Mais Bruce est venu chez elle l'autre soir. On l'a arrêté et on lui a collé un chef d'accusation pour non-respect de sa mesure d'éloignement. Il a payé sa caution et est sorti le soir même. Autant que je sache, il n'y est pas retourné, mais je serai bien plus serein de savoir qu'elle n'est pas seule chez elle. Je sais qu'elle a son chien, mais...

Rex se tut et secoua la tête.

Levi et Beck sortirent vers le parking pour aller regarder la nouvelle voiture de Levi. Maisie leva la tête, regardant Rex puis moi, puis Rex, puis moi.

— Ne t'inquiète pas, on la surveille tous, dit-elle.

En tant qu'opératrice principale ici, Maisie était toujours au courant de ce qu'il se passait côté police. La colère monta en moi.

— De quoi ? Comment c'est possible qu'il fasse ce genre de saloperies et ait le droit de rester en ville ? En plus, je croyais qu'il avait une nouvelle meuf.

Rex haussa les épaules en tordant les lèvres.

— Quoi que les gens fassent, ça ne veut pas dire qu'ils n'ont pas le droit de vivre quelque part. Crois-moi, j'aimerais bien que ce connard ne vive pas ici, mais il est là. Et ouais, il s'est trouvé une nouvelle fille, et il y a une plainte en son nom aussi. Je vais te dire ce que j'ai dit à Rachel. Même avec une nouvelle copine, les gars comme lui le prennent vraiment mal quand une femme les quitte comme Rachel l'a fait. C'est pas le gars le plus fin de la Terre, mais je crois qu'il sait qu'il ne va pas récupérer Rachel. Ça ne veut pas dire qu'il ne veut pas la mettre le plus mal à l'aise possible. Il a juste envie de la faire chier. C'est comme ça que je le vois.

— Rachel va s'en sortir parfaitement bien, dit Maisie fermement. Ne le prends pas mal, je suis vraiment contente qu'elle t'ait, mais c'est l'une des femmes les plus fortes que je connaisse.

Que Maisie ait eu l'intention d'en dire plus ou non, elle fut interrompue par le téléphone de la caserne. En se retournant, elle prit l'appel.

Je regardai Rex en hochant la tête.

— Merci de m'avoir prévenu.

Je ne savais pas quoi dire d'autre. J'avais envie de

trouver Bruce et de le tabasser, mais je n'avais aucune intention de dire ça à Rex.

Rex hocha la tête doucement.

— Ne fais rien de stupide, d'accord ?

— Tu veux dire comme botter le cul de son ex ?

— Exactement.

— Je ne suis pas bête, mais je ne peux rien promettre. C'est tout ce que j'ai à dire. C'est lui qui donnera le premier coup.

# Chapitre Vingt-Cinq

# REMY

Rachel se présenta devant moi, les cheveux détachés et les joues roses. J'étais arrivé chez elle quelques heures plus tôt et l'avais trouvée en train de jouer avec Henry dans le jardin. J'étais resté dehors avec elle, mourant d'envie de parler de Bruce, mais sans trop savoir ce qu'elle voulait.

Entre le désir qui m'électrifiait dès que j'étais proche d'elle et l'intensité de mes sentiments pour elle, le fait de m'inquiéter des conneries que faisait Bruce en plus me mettait vraiment dans tous mes états.

On venait de rentrer dans la maison, quelques minutes plus tôt. J'entendais encore Henry boire de l'eau dans son bol, mais je la regardais elle.

— J'ai entendu ce que Bruce a fait.

Ma bouche alla plus vite que mon cerveau. Merde.

Rachel écarquilla les yeux. Elle resta silencieuse assez longtemps pour que je comprenne que je n'aurais rien dû dire.

— Qu'est-ce que tu as entendu ? demanda-t-elle doucement.

— Rex a dit que Bruce était venu ici. Il m'a dit qu'il l'avait arrêté et avait attaché un chef d'accusation au dossier, mais que Bruce était déjà ressorti.

Des émotions vives traversèrent son visage : de la frustration, de la tristesse, du regret et de la colère. Sous tout cela, je vis une pointe de vulnérabilité apparaitre.

Elle attrapa le coin de sa lèvre avec ses dents. Elle enroula une mèche de cheveux autour de son doigt et tapa du pied sur le sol, son corps vibrant presque d'inquiétude.

J'avais envie de la prendre dans mes bras et de la serrer fort. Parce qu'avec tout ce que Shay avait traversé, et avec la façon dont je connaissais maintenant Rachel, je supposais qu'elle avait honte, et qu'elle se disait peut-être qu'elle aurait dû le voir venir, ou qu'elle supposait que tout le monde la jugeait pour la situation dans laquelle elle s'était retrouvée. Ou peut-être même un mélange de tout ça.

Et aucune de ces choses n'était vraie. Même si je mourais d'envie de lui dire ça, je savais, grâce à Shay, que la seule chose que je pouvais faire c'était de lui montrer, en agissant.

Le regard d'acier dans les yeux de Rachel s'estompa, et son souffle sursauta alors qu'elle baissait les épaules. Elle avait l'air perdue, défaite, et je détestais ça. Elle recula d'un pas, s'éloignant du comptoir de la cuisine où nous nous tenions. Posant ses hanches contre un tabouret, sa bouche se tordit d'un côté, l'amertume s'emparant de ses yeux.

— C'est nul. C'est vraiment nul. Je veux dire, il a une nouvelle copine. Pourquoi est-ce qu'il continue de me faire chier ?

En la regardant, j'exprimai une vérité simple, du moins une vérité dont j'étais certain.

— Parce que les hommes comme lui sont d'horribles connards. Il n'y a rien de logique dans leurs comportements ou rien qui a du sens. C'est une question de pouvoir et de contrôle. Écoute, je n'en parle pas beaucoup parce que ce n'est pas mon histoire, mais comme je l'ai dit, ma sœur a vécu quelque chose de similaire.

Les yeux de Rachel croisèrent les miens, et son regard était empli d'une tristesse profonde.

— Trop de femmes ont vécu quelque chose de similaire. Ça me rend malade. Tu disais qu'elle allait mieux, non ?

Mon cœur se serra en repensant à ce que Shay avait vécu.

— Oui, elle va mieux. Elle jure qu'elle ne sortira plus jamais avec qui que ce soit.

Rachel lâcha un rire amer.

—Je disais la même chose. Puis je t'ai rencontré.

Rachel, qui était toujours un peu sur la défensive d'habitude, avait l'air brisée et vulnérable pendant une brève seconde, juste assez longtemps pour que mon cœur se heurte à mes côtes.

— Donc on sort ensemble ? demandai-je doucement.

Le sentiment qui flottait dans l'air changea très rapidement. La pièce devint électrique comme si un courant traversait l'oxygène que nous respirions, vibrait chaudement et fortement.

Les joues de Rachel devinrent roses et ses yeux devinrent noirs de désir, répondant à l'envie que mon regard trahissait sans doute.

—Je ne sais pas. Mais j'avais dit que je ne coucherais plus jamais avec qui que ce soit, et tu m'as fait briser cette promesse très rapidement, dit-elle avec un rire rauque.

En m'approchant d'elle, m'installant entre ses genoux, je levai la main pour écarter quelques mèches de cheveux de ses joues, et passer ma main dans ses cheveux. Mon pouce passa le long de son cou.

— Je suis vraiment heureux que tu aies rompu cette promesse.

Je sentis ses tétons tendus contre moi, et la luxure fouetta mes veines avec violence.

— Je ne sais pas où tu en es, mais c'est plus que juste du sexe pour moi.

Rachel resta silencieuse. Je sentais sa poitrine monter et descendre avec son souffle, pressée contre moi. Henry traversa la pièce et grimpa sur son fauteuil préféré, soupirant en s'endormant.

La langue de Rachel sortit de sa bouche pour venir lécher sa lèvre inférieure, forçant mon entrejambe à pomper plus de mon sang. Je ne savais pas comment ce sentiment entre nous avait pu prendre autant d'ampleur si vite, mais je n'avais aucun doute.

C'était la bonne, et j'avais envie de le hurler au monde entier, ou au moins à elle. Mais je savais qu'elle hésitait. Je savais ce que ça lui demandait de baisser sa garde. Donc je voulais attendre qu'elle me dise que je pouvais être aussi direct. Avec ses mots.

Dans ces moments-là, l'intimité nous rapprochait et nous liait comme un ruban de soie.

— Pour moi aussi, dit-elle enfin, avec un ton si bas que je l'entendis à peine.

Puis elle passa sa main sur mes hanches, m'attirant un peu plus près d'elle. Je réduisis la distance entre nos lèvres, l'embrassant sauvagement. Je commençais à comprendre que dès que j'étais aussi proche de Rachel que ça, je n'avais plus le contrôle de rien. Du moins, pas le type de contrôle auquel j'étais habitué quand il s'agissait des femmes et du sexe.

Sa bouche était chaude et sa langue s'enroula sensuellement autour de la mienne. Les petits souffles et gémissements qu'elle lâchait me rendaient complètement fou. Je grognai quand je passai la main sur son ventre, ronronnant quand j'attrapai son sein et jouai avec le téton tendu du bout du pouce. Je n'avais aucune notion du temps quand j'étais avec elle, tout était flou.

Elle s'écarta de notre baiser, ses lèvres, ses dents et sa langue s'attaquant à mon cou tandis qu'elle tirait sur mon T-shirt. En levant la tête, elle ordonna :

— Retire ton T-shirt. J'ai besoin de te toucher.

— Ma belle, je ferai tout ce que tu demandes.

En levant le bras derrière mon cou, je retirai mon haut. Alors qu'il tombait au sol, elle retira le sien et emmêla ses cheveux sur un bouton.

Maintenant que son chemisier était à moitié retiré, j'avais une vue parfaitement délicieuse sur ses seins, serrés l'un contre l'autre, ses tétons pointant à travers le soutien-gorge en soie bleue. En me penchant en avant, je suçai un téton à travers le tissu.

Elle gémit puis marmonna avec un petit rire :

— Je veux bien de l'aide.

Reculant à contrecœur, je l'aidai rapidement avec son haut. Elle ouvrit les boutons de mon jean, m'arrachant un grondement sourd quand elle libéra ma queue de mon caleçon et enroula sa main sur ma peau.

— Ma belle, je...

Ma phrase resta en suspens dans un cri saccadé quand elle plongea la tête en avant et passa sa langue sur mon gland, avalant la goutte de liquide pré-séminal qui s'en échappait.

— Tu disais ? lança-t-elle d'un ton joueur.

Au son de sa voix rauque, je baissai les yeux. Ses hanches étaient encore posées sur le tabouret, mais elle s'était reculée un petit peu avant de se plier en deux. Ses seins étaient magnifiques, parfaitement exposés à ma vue. J'avais le champ libre sur la vallée de son décolleté, et une ligne directe vers ses tétons qui perçaient la soie.

En tendant le bras, je m'occupai du problème, détachant son soutien-gorge qui s'ouvrait à l'avant.

— Tellement parfait, murmurai-je alors que ses seins se libéraient.

J'en attrapai un dans ma paume et fis rouler son téton entre mon pouce et mon index, savourant le sifflement de son souffle entre ses dents.

Ses yeux avaient ce regard embrumé que j'adorais. Rachel était une femme qui contrôlait toujours tout, donc ça rendait la chose encore plus délicieuse quand elle était à la limite de se perdre. J'adorais la poussée de puissance qui résonna en moi quand je réalisai que je pouvais lui faire perdre le contrôle. Mais plus que ça, j'adorais savoir qu'elle se sentait assez en sécurité pour baisser sa garde avec moi. C'était un cadeau. Un cadeau que je ne prendrais jamais comme acquis.

—Je suis sûr que ta chatte est trempée, murmurai-je.

Elle bougea les cuisses, un petit éclat dans les yeux.

— Peut-être, mais tu vas devoir attendre.

À ces mots, elle se pencha à nouveau et me suça jusqu'au fond de la gorge. Je claquai la main sur le comptoir en grognant, emmêlant mon autre main dans ses cheveux et m'y accrochant.

Elle lécha, caressa et suça. Me faisant perdre la tête. Sa bouche et sa langue étaient divines sur ma queue.

J'avais envie de lui dire que je voulais être en elle. La pensée m'échappa quand mon orgasme secoua mes genoux et explosa. Si je ne m'étais pas tenu au comptoir, je me serais écroulé. Rachel avala tout jusqu'à la dernière goutte de ce que je lâchai dans sa bouche.

Elle recula doucement. En la voyant, les lèvres gonflées et humides de sa fellation, ses yeux noirs de passion, et ses joues rouges, ma queue se réveilla instantanément. Alors qu'elle se redressait, je l'embrassai. Parce que j'en avais besoin. Je sentis la preuve salée de mon orgasme sur sa langue, et j'adorais ça.

# Chapitre Vingt-Six

# RACHEL

Remy me souleva et j'enroulai mes jambes autour de ses hanches. Il y avait quelque chose de délicieux dans le fait qu'un homme puisse me soulever si facilement. Quand Remy me tenait, je savais qu'il ne me lâcherait jamais. Il me tint dans ses bras forts, tout près de lui, son corps était une muraille et une oasis face au monde.

L'une de ses grandes mains passa à travers mes cheveux alors qu'il me murmurait à l'oreille :

— J'ai besoin d'être en toi, ma belle.

Il me porta en marchant rapidement vers la chambre et ferma la porte derrière lui. Quelques secondes plus tard, il me posa et arracha presque mon jean. Mon pantalon se coinça sur l'une de mes chevilles et je trébuchai.

Il me rattrapa par la hanche en retirant son propre pantalon. Ma bouche s'assécha. C'était un homme tout ce qu'il y a de plus homme. Grand et athlétique, chaque centimètre de lui était un muscle. On avait passé assez de temps ensemble pour que je connaisse le paysage de son corps. Il avait des cicatrices ici et là, une à l'arrière de son biceps, une longue cicatrice dans le dos, qu'il m'avait dit dater d'un accident quand il était enfant et qu'il jouait sur une corde à balancer. La corde s'était coincée sous son bras et l'avait fouetté dans le dos.

J'adorais ces détails, tous ajoutaient à l'homme qui se tenait devant moi. Remy était l'un des hommes les plus forts que j'avais jamais connus, et pourtant l'un des plus délicats.

En un éclair, nous étions sur le lit, emmêlés l'un dans l'autre et ses mains étaient partout sur mon corps. Il jouait avec mes tétons, les attaquant avec ses dents, me mordant juste assez pour m'offrir une pointe de douleur que je savourais. Il avait un petit côté brut. Ou du moins, ensemble, nous avions un petit côté brut. Le désir était si fort que rien ne semblait pouvoir le satisfaire. Il allait et venait comme un océan, et s'agitait comme un orage dans le ciel.

Je sentis la griffure de sa barbe entre mes cuisses, l'une de ses paumes écartant mes genoux. Ses doigts plongèrent en moi. Je m'agrippai à ses cheveux en hurlant alors qu'il me baisait de ses doigts et sa langue, me faisant jouir violemment et bruyamment.

J'étais toujours comme ça avec lui. Je n'avais jamais envie que ça se termine, mais ça me surpassait à chaque fois, car c'était trop intense. Sans oublier que cet homme était un vrai dieu au lit.

Alors qu'il commençait à se redresser, je l'attrapai entre mes genoux, nous faisant rouler pour le chevaucher. Mon jus dégoulinait sur sa queue alors que je balançais mes hanches, me délectant du fait qu'il était déjà prêt à repartir. Je voulais lui faire la remarque pour rigoler, mais je jouai d'abord avec moi-même, un plaisir doux irradiant mon corps à partir de mon clitoris gonflé qui se frottait à sa longueur durcie.

Je ne réfléchissais pas. Du tout. En me redressant, je tendis la main entre nous, car j'avais besoin de le sentir en moi, j'avais besoin qu'il m'étire et me remplisse complètement. Soudainement, il s'agrippait à mes hanches, fort.

— Quoi ? demandai-je en baissant les yeux vers lui.

— Va doucement, murmura-t-il.

J'avais l'impression qu'il me regardait en plein cœur. L'émotion serra ma poitrine et je me sentis anxieuse, presque apeurée par la façon profonde dont il me comprenait, sans effort.

À ce moment-là, si animé par mes sensations, des pieds à la tête, mon corps chantait presque le nom de Remy, il était tout ce que je voulais.

— D'accord, murmurai-je en déglutissant, la gorge serrée.

Avec ses mains s'accrochant à mes hanches, je descendis doucement sur lui, gémissant quand il me remplit et m'étira si délicieusement. Il était large et dur et me remplissait entièrement.

— Rachel !

Mon nom était un bruit rauque dans la pièce, réveillant ma conscience alors qu'un frisson parcourait ma peau. J'ouvris les yeux pour le regarder, trouvant son regard vert sombre si décidé. Il y avait une petite couche de sueur sur sa peau, tout comme sur la mienne. La sensation de ses paumes calleuses sur ma peau était quelque chose que j'avais appris à savourer. Il bougea ses mains, les posant sur mes cuisses, où ma peau était particulièrement sensible.

— J'ai juste envie de te regarder, murmura-t-il en répondant à une question silencieuse.

Je me redressai légèrement, j'adorais la façon dont ses hanches se cambraient pour trouver les miennes. Alors qu'il était installé sur les coussins, je me penchai vers l'avant, posant mes lèvres sur les siennes. Je ne pouvais pas détourner les yeux. On se balança l'un dans l'autre dans une danse lente et sensuelle qui me déchira intérieurement, sur un plan physique et émotionnel. Mon orgasme me traversa d'une force folle, et je hurlai son nom d'un cri brisé. Il se raidit sous moi et je sentis la chaleur épaisse de son explosion qui me remplissait.

Sa paume caressa mon dos, m'attirant sur son torse alors que je m'écroulais sur lui. On resta comme ça, flottant simplement dans un brouillard. J'avais chaud dans ses bras et n'avais aucune envie de bouger.

Au bout d'un moment, j'entendis gratter à la porte.

— Henry, murmura Remy dans mes cheveux.

— Il a sûrement besoin de sa balade d'après-diner, dis-je avec un petit rire en me redressant un peu.

— Je vais m'en occuper. Si ça te va, dit-il en haussant un sourcil avec sa question.

— Bien sûr.

On se démêla l'un de l'autre et je profitai de la vue des fesses de Remy alors qu'il se levait pour enfiler son jean, sans même s'embêter de mettre un T-shirt, même s'il faisait sans doute assez froid dehors.

Je m'endormis plus tard, les bras de Remy m'enveloppant chaudement et avec Henry au pied du lit. Je ne m'étais jamais sentie autant en sécurité de ma vie.

Et ça me terrifiait.

# Chapitre Vingt-Sept

# RACHEL

Je me réveillai doucement, blottie contre le corps chaud et fort de Remy. Même endormi, il dégageait une force incroyable. En levant la tête, je jetai un œil vers Henry, en boule au bout du lit, installé dans le creux des jambes de Remy. Un sourire s'empara de mes lèvres.

Remy dormait encore profondément, son torse bougeant lentement au rythme de son souffle, et je pris un instant pour le regarder. Ses cheveux blond foncé étaient ébouriffés par le sommeil. Il avait un bras qui me tenait près de lui et une main sur son torse. Ses cils épais se recourbaient contre sa joue. Même dans son sommeil, il était bien trop beau. Je passai le bout de mes doigts sur ses pommettes sculptées puis le long de sa mâchoire alors que sa petite barbe caressait ma peau.

Son visage était fait de traits fins alors que ses lèvres étaient pulpeuses et sensuelles. Je ne pouvais pas résister à l'envie de passer ma main le long de sa clavicule, écartant doucement la couverture. Mon souffle s'accéléra et mon pouls passa un cran. Son torse était une œuvre d'art, rien d'autre que des pans de muscle durcis.

Je sentis son regard se poser sur moi quand sa respiration changea. Tournant les yeux vers lui, la chaleur s'empara de mes joues quand sa bouche s'étira en un sourire lent, encore endormi.

— Bonjour ma belle, lâcha-t-il avec son accent. On profite de la vue ?

Je haussai les épaules, optant pour la nonchalance.

— Peut-être, rigolai-je en laissant ma main voyager sur son torse.

Il tendit le bras, attrapant mon sein et passant son pouce sur mon téton, qui durcit immédiatement. Soudainement, j'avais chaud, mais, là encore, c'était l'effet que Remy me faisait tout le temps.

Il se redressa, déposant des baisers dans mon cou, chaque point de contact laissant une étincelle électrique dans mon sang.

— Henry est là, soufflai-je quand il mordit le côté de mon cou, lâchant des frissons sur ma peau.

Le rire grave de Remy rappela les papillons de mon ventre. Il s'appuya sur son coude, la couverture glissant jusqu'à sa taille et me donnant une vue parfaite sur ses abdos définis. Je ne pus m'empêcher de les toucher, et son regard s'empara du mien.

— Attention. C'est toi qui me dis qu'on a un public.

Je gloussai. Henry se réveilla de son sommeil de chien, leva la tête et se secoua rapidement, ses oreilles se balançant d'un côté à l'autre. À part ça, il ne bougea pas, nous regardant Remy et moi.

Mes yeux se baissèrent vers la bosse de Remy qui pointait à travers les draps. J'en salivais et mes mains mouraient d'envie de le toucher. Je savais exactement ce que je trouverais : un membre dur et chaud, une peau de velours.

Je ne pouvais pas, pas alors qu'Henry nous fixait du regard.

— Douche, dit Remy fermement.

Écartant les draps, il se leva du lit, parfaitement confiant dans sa nudité glorieuse. Alors que je me retournais dans le lit pour le suivre, je découvris une chaleur trempée entre mes cuisses.

Je ne m'étais jamais dit que les coups rapides en valaient la peine. Mais, là encore, je n'avais jamais couché avec un homme comme Remy. Quelques secondes plus tard, Remy plongeait en moi par-derrière. Je claquai mes mains contre le mur de la douche et remerciai le ciel que Remy me tienne. Sans lui, j'aurais sans doute fondu au sol. Il me fit jouir alors que son jus chaud me remplissait.

C'était tellement sauvage, animal, que j'en étais chancelante. Il m'embrassa alors que l'eau coulait sur nous.

Peu de temps après, je commençai à préparer quelque chose pour le petit déjeuner alors qu'il emmenait Henry dehors, pour sa balade matinale et un jeu de balle. Mon cœur continua de battre fort alors que l'anxiété s'emparait de moi. Le problème était que j'adorais tout ça. Chaque minute de cette aventure.

Je pouvais gérer le fait d'avoir des parties de jambes en l'air folles avec Remy. Il était ultra-sexy. Mais je n'étais pas préparée pour ce que sa force réveillerait en moi, ou pour la façon dont sa douceur tempérait ladite force.

On but du café et je préparai des œufs brouillés avec du bacon pour le petit déjeuner. On quitta ma maison ensemble, Remy me suivit jusqu'à ce qu'il tourne vers la caserne de Willow Brook et que je continue vers mon bureau.

J'étais en train de tomber amoureuse et j'étais folle de me laisser faire.

# Chapitre Vingt-Huit

# REMY

Je pris une gorgée de café dans la cuisine de la caserne et grimaçai. En regardant Levi, je dis :

— Merde, mec, il est vieux ce café. T'aurais pu me prévenir.

Levi gloussa.

— Je dois être plus désespéré que toi. Je n'ai pas dormi une seule minute la nuit dernière. Enfin, c'est pas vrai. J'ai dû réussir à fermer l'œil une heure au total, en tranches de quinze minutes, répondit-il en prenant une autre grosse gorgée d'un café dégueulasse.

— Glory ne fait pas ses nuits ? demandai-je en vidant ce qu'il restait de ma tasse dans l'évier avant de rincer le pot et de lancer une nouvelle cafetière.

Levi et Lucy avaient une petite fille de quelques mois.

Levi hocha la tête, en prenant une autre gorgée de café.

— Ouais, et Lucy est malade. Non pas qu'elle ait dormi tellement plus, parce qu'elle tousse comme pas possible, mais ouais, je suis mort de fatigue. Trop fatigué pour refaire du café, donc merci. Comment ça va toi?

— Eh bah, j'ai dormi, donc ça va mieux que toi déjà.

Je me tournai et posai mes hanches contre le comptoir qui longeait le mur en attendant que le café se fasse.

Levi me lança un sourire fatigué en retour alors que je repensais au fait que j'avais dormi comme un bébé la nuit dernière. Rachel en était la raison. Le sommeil était quelque chose que je trouvais précieux. J'avais eu plusieurs périodes d'insomnies ces dernières années. Le deuil affecte toutes sortes de choses. Mon sommeil était encore une chose que j'avais perdue quand ma vie s'était écroulée sous le poids du deuil.

Mais dormir avec le corps chaud de Rachel à côté de moi rendait les nuits faciles, alors que je me blottissais dans un sentiment de bonheur. Je m'étais réveillé une fois, et m'étais enfoui dans sa chaleur sucrée encore et encore.

Mais quand j'avais vu l'anxiété animer ses yeux ce matin, j'avais compris qu'il fallait que je suive son rythme, même si je voulais aller vite. J'avais compris une chose très rapidement quand il s'agissait de Rachel. C'était la femme de ma vie.

Des années plus tôt, quand j'étais un ado en rut, mon père m'avait dit que quand je rencontrerais la femme de ma vie, je le saurais, et que je serais prêt à me battre pour elle. Je savais que mes parents avaient une belle relation. Jusqu'à ce que je rencontre Rachel, je ne savais pas vraiment ce qu'il voulait dire. Mais c'était elle. Elle était tout pour moi. Et c'était une battante avec des cicatrices sous tout ça.

Donc j'attendais le bon moment, même si c'était la chose la plus difficile que j'aie jamais faite.

Levi interrompit mes pensées.

— Je sais que tu viens de faire le café, mais ça te dérange si je prends la première tasse ? Avant que le pot ne soit plein ?

Quand je croisai son regard suppliant, j'eus pitié de lui.

— Non, bien sûr.

Il me lança un sourire. En se tournant, il attrapa la cafetière et remplit sa tasse rapidement avant de la reposer. Il prit une gorgée lente avant de soupirer, heureux.

— Je suis quasi sûr que tu fais le meilleur café de la caserne.

— Ça, c'est sûr ! répondit Harlow May en entrant par l'arrière de la station.

Harlow était l'une des deux pompières de la caserne. Elle et Susannah étaient proches. Comme toutes les pompières avec qui j'avais travaillé, elles étaient toutes les deux plus que capables de se défendre sur le terrain, et étaient plus calmes que tous les hommes réunis.

Mais là encore, mon père m'avait toujours dit que les femmes étaient plus fortes que les hommes, donc ça paraissait logique.

— Oh, tu crois ? contrai-je en croisant le regard de Harlow.

Elle sourit, amusée.

— Je pense. Mon café est correct, mais rien de spécial. Le reste des gars sont nuls en termes de café. Enfin, sauf Levi, peut-être.

Harlow continua de marcher en nous saluant.

Je la regardai marcher vers le hall, perdu dans mes pensées, ses cheveux noirs remontés en une queue de cheval et ses hanches se balançant avec ses pas. Je me demandai si je devais la trouver belle, et, en soi, je pensais qu'elle l'était, de façon purement objective. Mais je ne ressentais rien, pas la moindre pointe d'intérêt.

Quoi que je sois sur le point de penser à ce moment-là s'effaça quand l'interphone s'alluma.

— La police a besoin de renforts…

Levi se décolla du comptoir, mais je secouai la tête.

— J'y vais, je vais dire à Beck de me suivre et on va y aller ensemble.

Quand on était chargés des appels locaux mineurs, ceux qui étaient disponibles s'en occupaient, qui que ce soit, selon combien de personnes il fallait. Quelques minutes plus tard, Beck et moi nous dirigions vers ce qui avait été décrit comme un problème domestique. Après l'arrivée de la police, un homme avait arraché l'arrivée de gaz, créant un risque d'incendie.

Beck me jeta un coup d'œil, assis derrière le volant en plissant les yeux.

— Tu sais où on va, n'est-ce pas ?

— J'ai l'adresse si c'est ce que tu veux dire.

— C'est l'ex de Rachel. C'est là qu'il vit avec sa copine.

— Tu déconnes, putain.

— Nan. Maisie me l'a dit quand on partait. Ça va aller ?

Plusieurs des gars savaient que je voyais Rachel depuis quelques semaines, même si je n'avais pas parlé de ce que je savais sur son ex. Grâce à Rex, je savais que ce n'était pas un secret en ville.

Je regardai par la fenêtre, observant le paysage qui défilait, mes yeux sautant d'un arbre à l'autre. La neige reculait de jour en jour dans les zones d'ombre, il n'y en avait presque plus.

— Bien sûr que ça va aller. Je pense que c'est un connard, mais je vais faire mon taf. Je suppose que Rex a des renforts pour ce qu'il se passe entre lui et sa copine, quelle que soit la situation.

Beck ralentit quand on quitta la quatre voies.

— Ouais, d'après Maisie, ils les ont déjà séparés. J'imagine que le gars a débranché la ligne quand ils sont arrivés.

Alors que ma colère vibrait sous la surface, je restai silencieux quand on gara le camion. Heureusement que je ne travaillais pas seul.

On entra dans le vif de l'action dès qu'on arriva. Maisie avait déjà contacté la compagnie de gaz locale pour qu'il coupe l'arrivée de gaz. On éteignit le petit feu qui avait commencé dans la cuisine. Ils étaient bien chanceux que ce soit un petit réservoir avec peu de gaz dans l'arrivée.

Ma frustration, combinée à ma curiosité, prit le dessus quand on eut presque fini. Rex détenait encore Bruce à côté de sa voiture. Bruce était menotté, à côté de l'un des agents de police qui prenait des notes dans son calepin.

En passant devant eux, j'entendis Bruce dire à l'agent qui venait de poser une question :

— Je suis pas retourné près de la maison de Rachel, putain. Je n'ai pas le droit de conduire ou quoi ?

En m'approchant de Bruce, je m'arrêtai juste devant lui.

— Non, t'as pas le droit de conduire par là.

Bruce plissa les yeux.

— C'est un pays libre, mec. T'inquiète, j'irai un soir où t'es pas là.

La colère explosa en moi. Je fis un pas vers lui juste au moment où une main s'enroula sur mon avant-bras, de quelqu'un derrière moi.

— Viens Remy, dit Beck.

Son mouvement avait peut-être l'air léger, mais sa prise était puissante.

En réalisant que je me trouvais devant un agent de police et Rex de l'autre côté de l'allée, en train de parler à la femme que je supposais être la nouvelle copine de Bruce, je rangeai ma colère et me détournai. Je secouai mon bras quand on eut fait le tour de la voiture.

— Quel connard, marmonnai-je.

— Exactement. C'est un connard et il n'en vaut pas la peine. Ne perds pas ton temps à le frapper devant deux flics, contra Beck en secouant la tête. Je te comprends, mais sois pas con.

Le retour à la caserne se fit en silence. La seule chose à laquelle j'arrivais à penser, c'était que je ne savais pas ce que j'allais pouvoir faire quand mon équipe serait appelée en mission loin de Willow Brook pendant des semaines. Je voulais que Bruce parte.

— Comment ça va? demanda Beck quand je reposai ma tête contre le siège en soupirant.

— Je suis hors de moi. Et je suis inquiet, ajoutai-je. Il fallait qu'il fasse ce putain de commentaire sur Rachel. Il y aura toujours une nuit où je serai pas là. Et je ne peux rien y faire.

Beck resta silencieux, sa main sur le volant, alors qu'il conduisait d'un mouvement de poignet.

— Non, tu ne peux rien y faire. Mais on dirait que ton histoire avec Rachel pourrait être un vrai truc, non?

Mon cœur se heurta à mes côtes, pour dire oui. Pendant un instant, je manquai d'exploser de rire. Je ne parlais pas beaucoup de mes sentiments, mais Beck était un gars bien, et un bon ami. Même s'il était blagueur, c'était facile de se confier à lui.

— Ouais, j'imagine que c'est un vrai truc. Le

problème, c'est que je ne sais pas trop à quelle vitesse elle veut aller. Elle est sur la réserve. Je crois qu'elle a vraiment vécu un enfer avec Bruce.

Beck s'arrêta à une intersection pour s'engager sur la grand-rue qui traversait le centre de Willow Brook. Alors qu'il me jetait un coup d'œil, je vis son regard lourd de sens.

— Ouais, c'était un enfer. Maisie dit que Charlie a dit que Rachel tenait vraiment à toi. Non pas que j'en sache grand-chose, mais les filles savent tout ce qu'il se passe d'habitude.

Je ne pus m'empêcher de rire.

— C'est possible, mais ça ne change rien au fait qu'elle est vachement stressée.

Beck haussa les épaules en détournant le regard alors qu'il négociait son tournant.

— Et alors ? Faut pas que ça t'arrête. Il n'y a aucune raison de ne pas être clair sur ce que tu ressens.

# Chapitre Vingt-Neuf

# RACHEL

En posant mon verre de vin, je fixai Remy du regard.

— Quoi ?

— J'ai vu Bruce aujourd'hui, répéta Remy.

Son expression était contrôlée, mais je sentais la colère qui vibrait sous la surface. Même si je me sentais parfaitement en sécurité avec Remy, je savais que c'était un point douloureux pour lui. Enfin, c'était aussi un point douloureux pour moi. Pour de bonnes raisons. Mais ça ne changeait rien à ce que je ressentis quand il parla de Bruce. Je ne voulais pas qu'il pense, ou que qui que ce soit pense, que je ne pouvais pas me débrouiller toute seule.

— Où ça ?

La question m'échappa. J'étais réellement curieuse, mais je détestais l'éclat de peur qui s'emparait de moi. Depuis que Bruce était entré dans ma vie et que je l'en avais chassé, j'avais appris que la peur qu'il suscitait arrivait par vagues. Sans rythme ou raison.

Parfois, les vagues étaient brutales et presque écrasantes. Parfois, elles étaient minuscules et me touchaient à peine. Avec le temps, elles étaient de plus en plus espacées, mais elles étaient encore présentes. À l'instant, je savais que j'étais parfaitement en sécurité avec Remy chez moi, et que Bruce n'était pas là.

Mais le simple fait de penser à lui me retournait l'estomac, comme ce serait sans doute toujours le cas.

Remy prit une petite gorgée de sa bière avant de me répondre.

— La police a été appelée pour une intervention dans la maison qu'il partage avec sa copine. Quand ils sont arrivés, il a arraché l'arrivée de gaz sur le réservoir à la fin de leur dispute, je suppose. On a été appelé pour gérer ça.

— Oh.

Ce fut la seule réponse que je réussis à formuler.

Remy répondit à la question que je n'osais pas poser.

— Il a été arrêté une nouvelle fois.

Remy avait l'air de réfléchir intensément à ses mots.

— Il a parlé de toi et a dit que c'était un pays libre, donc qu'il pouvait conduire dans ta rue.

Ses épaules rebondirent avec une grande inspiration.

— Je hais le fait qu'il ne te laisse pas tranquille.

Cette vieille peur familière s'agrippa à mon cœur. Je détestais à quel point je connaissais ce sentiment. Quand Bruce était en prison, je savais qu'il était loin, et je pouvais contrôler mes inquiétudes bien plus facilement. Je savais aussi, sur un plan statistique, que j'avais été chanceuse. Les choses auraient pu être bien pires pendant bien plus longtemps. Rien de tout cela ne changeait le fait que je me sentais bête et idiote, et que j'avais l'impression que j'aurais dû le voir venir.

Je ne savais pas vraiment comment gérer les sentiments de Remy à ce sujet. Le fait qu'il soit là me faisait l'effet d'une couverture de sécurité, en plus des supers parties de jambes en l'air.

Mais je ne pouvais pas m'empêcher d'insister sur le fait de gérer cette situation seule, pour que quand tout ça soit terminé, je puisse avancer dans la vie en sachant que je m'étais occupée de moi-même, la tête haute. Une part de moi adorait que Remy soit si protecteur, mais une autre part de moi avait envie de lui crier dessus. Parce que je pouvais me défendre seule. J'avais besoin de le croire.

Alors que mes émotions s'emmêlaient dans un bazar fou, je pris une gorgée de vin, quelques inspirations, et essayai de me rappeler qu'il fallait simplement que je digère mes émotions pour surpasser la peur. Je n'avais pas besoin de prendre de décisions sur quoi que ce soit.

— Ce n'est pas comme si c'était neuf. Bruce essaie juste de t'emmerder. C'est le genre de saloperie qu'il fait tout le temps, dis-je enfin, alors qu'un sentiment de fatigue s'installait en moi.

Je me demandai si j'allais devoir supporter les abus de Bruce pour le restant de mes jours.

Remy tendit le bras sur le comptoir et attrapa ma main. On était assis au bout du comptoir qui séparait ma cuisine et mon salon, à un angle, sans nous faire face. La sensation de son pouce qui caressait mon poignet me calma.

—Je sais ça, mais...

Il se tut puis secoua lentement la tête.

— Je ne sais pas quelle est la meilleure option. Voilà le truc. Quand il est arrivé ce qu'il est arrivé à ma sœur, elle m'a dit qu'elle détestait le fait que tout le monde essaie de la protéger de ce qu'on savait sur son ex. J'essaie de ne pas te faire ça. Et je sais que c'est personnel. Mais tu comptes tellement pour moi.

Mon cœur se mit à battre fort et vite, j'en sentais l'écho dans tout mon corps. J'avais envie de lui demander de clarifier ce qu'il entendait par là.

Parce que je savais que j'étais en train de tomber amoureuse de lui, et que je ne savais pas comment me retenir plus longtemps. Que toute cette histoire avec Bruce continue maintenant, alors que j'étais en train de découvrir ce qui pourrait arriver avec Remy, me mettait hors de moi.

Mes émotions me traversèrent comme un tsunami alors que je tentais de retrouver pied.

— Je suis désolée, m'entendis-je dire, me demandant immédiatement pourquoi je m'excusais.

— Pourquoi tu t'excuses ? Un autre truc que j'ai appris de ma sœur, c'est que c'est la vie. Des mauvaises choses arrivent, et ça n'a pas de sens. Peut-être que je suppose que tu ressens la même chose que Shay et je ne devrais pas. Je préfèrerais te dire ce que Bruce a dit plutôt que de le garder pour moi et de m'inquiéter qu'il le fasse. Mais si tu préfères que je ne dise rien, il faut me le dire.

Sur les nerfs, je me levai. J'essayais honnêtement de réagir aussi calmement que possible, mais je ne savais pas ce que je voulais. Je ne voulais pas qu'on me protège, qu'on me cache du monde. Je ne voulais pas non plus être stupide. Il fallait que je sache que Bruce était libre et qu'il disait des conneries comme ça. Mais je détestais le sentiment d'impuissance que ça me laissait, comme s'il dictait encore les conditions de mon existence, car il fallait que je pense à lui et que je m'inquiète en permanence.

Stressée, je me retournai en enroulant mes bras autour de ma taille.

— Ce que je veux n'existe pas. J'aimerais pouvoir défaire ce qu'il s'est passé, pour ne pas avoir à penser à tout ça, mais je ne peux pas. Donc, non, je ne veux pas que tu me caches quoi que ce soit.

Remy resta silencieux. J'avais l'impression qu'il essayait de lire dans mes pensées, mais je n'étais pas prête, à ce moment-là, à ce qu'il voie le bazar émotionnel dans lequel je me trouvais. Je me détournai à nouveau, et m'occupai en faisant la vaisselle.

Henry brisa la tension en trottant vers la porte et en s'asseyant, sa façon polie de demander à sortir. Par miracle, j'avais réussi à lui apprendre à aller devant la porte et à s'asseoir quand il voulait aller faire pipi. Il y avait plein de choses qu'il ne faisait pas, mais, ça, il le faisait à chaque fois.

— Je m'en occupe, dit Remy en se levant de son tabouret.

———

Le lendemain matin, Remy fut appelé sur un incendie. La nuit précédente, il avait dormi en me tenant dans ses bras. Et même si j'adorais être englobée dans sa chaleur, je n'avais pas réussi à me détendre. J'étais trop stressée par la vitesse à laquelle je tombais amoureuse de lui. Et alors que Bruce faisait à nouveau irruption dans mon monde, je ne savais pas comment gérer la réaction de Remy.

Je ne lui en voulais pas d'avoir cette réaction. Pas du tout. Mais toute cette situation créait des doutes dans mon esprit. Que ferais-je s'il n'était pas là ? Maintenant, par exemple. Je ne pouvais pas me laisser tomber dans une situation où je dépendais de la protection d'un homme.

Je me disais que c'était une bonne chose qu'il ait dû partir en mission. Il était un peu tôt pour que commence la saison des feux, mais, apparemment, dans une zone où il y avait eu moins de neige que d'habitude, un idiot avait décidé de faire un feu de camp. L'herbe sèche et morte avait été un combustible parfait et un petit feu avait débuté.

La nuit dernière avait été la première nuit que nous passions ensemble sans coucher ensemble. Et je savais exactement pourquoi. J'étais trop tendue, nouée de partout, les doutes s'emparant de la petite bulle divine hors du temps que j'avais créée avec Remy.

En chemin vers le boulot, je m'arrêtai prendre de l'essence. Mon cœur trembla et partit en vrille quand je vis la voiture de Bruce, que j'étais maintenant capable de reconnaitre. Évidemment, il s'était garé juste derrière moi, pour faire semblant de prendre de l'essence. Je savais qu'il avait sans doute vu ma voiture et avait saisi l'opportunité de faire semblant de me croiser par accident.

Avec les hommes comme Bruce, quand ils hantent votre passé, ils n'ont même pas besoin de dire quoi que ce soit pour vous affecter dans le présent. Mon corps se resserra d'anxiété et je me sentais prête à m'enfuir. Mon souffle était court et mon pouls était irrégulier et saccadé.

Je pris une profonde inspiration et allai chercher de l'essence. Je n'allais pas le laisser m'intimider. En conduisant vers mon bureau après ça, je me retrouvai soulagée d'être au boulot.

Charlie et moi papotions en fin de journée, quelque chose qu'on faisait presque tous les jours. Elle avait ses pieds levés sur l'une de mes chaises alors que je nous préparais une tasse de thé pour elle, et de café pour moi.

— Donc, que je comprenne : tu penses que le mieux c'est de prendre un peu de distance avec Remy, là ? demanda-t-elle.

Je me retournai pour lui tendre sa tasse de thé. Je m'enfonçai dans un fauteuil à un angle d'elle, et hochai la tête en prenant une gorgée.

— Oui. Je pense que même toi tu peux admettre qu'on est allés un peu trop vite.

— Si c'était ma vie à moi, je dirais ça, mais c'est toi. Je ne t'ai pas vue laisser une chance à un homme depuis Bruce.

— Une raison de plus pour y aller doucement. Écoute, je serais capable de gérer seule. Et je ne peux pas juste me jeter dans les bras de Remy parce qu'il est canon et sexy et me fait du bien et que je me sens en sécurité, marmonnai-je.

Charlie manqua de s'étouffer avec la gorgée de thé qu'elle buvait, mais réussit à l'avaler. En écartant ses cheveux noirs de son front et les rangeant derrière son oreille, elle prit une nouvelle gorgée et secoua la tête.

— Et c'est quoi le problème là-dedans ? Il a l'air génial. Ne te méprends pas, je suis complètement amoureuse de Jesse...

Je l'interrompis :

— Ouais, et vous vous êtes mariés il y a à peine un mois.

Charlie et Jesse venaient en effet de se marier. Ils vivaient ensemble depuis un an, plus ou moins, mais ils avaient organisé une petite cérémonie récemment après qu'il l'avait demandée en mariage quelques mois plus tôt.

Les joues de Charlie devinrent roses et elle sourit doucement.

— Oui. Bref, ce que je voulais dire. Je suis complètement à fond sur Jesse, mais Remy, avec son accent du Sud...

Elle fit une pause et posa sa main sur sa poitrine d'un air dramatique.

— Tout ce que j'ai à dire, c'est que s'il reste à Willow Brook, je ne supporterais pas de le voir avec une nana qui n'est pas aussi géniale que lui. C'est un vrai gentleman. Il a son côté brun ténébreux, mais en blond.

Mon esprit revint à quelques nuits plus tôt. Il était en effet plutôt du genre silencieux, et un vrai gentleman. Quand il s'agissait de sexe, il était autoritaire, et j'adorais ça. Je me rappelais parfaitement de la sensation de sa main claquant mes fesses.

Je sortis de mes pensées pour revenir au moment présent. Ce n'était pas le moment de rêver de Remy.

— D'accord, je ne te contredis pas là-dessus, commençai-je à dire en riant avant de me calmer immédiatement. Je ne sais pas comment faire ce genre de choses. Je veux dire, et si c'était juste une relation pansement et que je n'étais pas vraiment amoureuse de lui ? Ou si je comptais trop sur lui ? Ça m'énerve que tout ça se déroule juste après la sortie de Bruce, et que Bruce ait décidé de revenir à Willow Brook.

Le regard de Charlie était sombre quand elle se tourna vers moi.

— Ouais, c'est un timing de merde. Mais peut-être que c'est mieux comme ça. Je veux dire, penses-y comme ça. Je préfèrerais te voir gérer toutes ces merdes maintenant plutôt que de t'installer confortablement avec quelqu'un et que ça implose sans que tu le voies venir. Que ce soit Remy ou quelqu'un d'autre. De ce que je vois, Remy n'est pas en train de fuir. Jesse m'a dit qu'il était vachement mal dans ses baskets au sujet de Bruce à la caserne l'autre jour. Il a l'air protecteur, c'est mignon. Tu es une nana badass et une cheffe, mais ça ne te ferait pas de mal de t'entourer d'un gars comme lui.

Je posai mon café et soupirai. J'avais envie que

Charlie puisse me dire quoi faire, mais, aujourd'hui, le doute s'emparait de mon esprit, jouant au foot avec ma santé mentale.

Remy me manquait. Mon cœur mourait d'envie de le voir. Quand j'étais chez moi la nuit dernière, seule avec Henry, j'étais triste que Remy ne soit pas là pour jouer à la balle avec Henry, car il pouvait la lancer plus loin. Ce n'était que l'une des choses qui me manquaient sur une longue liste de choses. Je me disais qu'il ne me manquait pas tant que ça, mais je savais que c'était un gros mensonge. Seule sur le canapé, sa chaleur me manquait, tout comme la sensation d'être blottie contre son torse fort. Je me voyais vérifier que la porte était bien fermée à clé plusieurs fois, et me disant qu'Henry aboierait si quelqu'un arrivait.

Charlie ne pouvait pas me donner les réponses dont j'avais besoin, mais je ne le pouvais pas non plus.

Le lendemain, Charlie fut appelée à l'hôpital pour une urgence avec un patient, donc je déposai Em à son petit boulot. Je ne pus résister à l'envie d'aller dans la caserne. Je savais que Remy n'était pas là, mais je savais aussi que Maisie pourrait me donner des nouvelles de lui et me dire quand il rentrerait.

Quand j'arrivai au bureau d'accueil, je trouvai Lucy et Levi, qui tenait la petite Glory. Levi soulevait le bébé d'un bras alors que son autre bras était sur l'épaule de Lucy. En les regardant, mon cœur fit un drôle de bond. J'avais passé beaucoup de temps après que Bruce eut été arrêté à me dire que je n'aurais jamais quelque chose comme ça dans ma vie, mais maintenant j'en mourais d'envie, j'avais l'impression de pouvoir presque le toucher. Je voulais cette vie avec Remy, et je ne savais même pas ce qu'il ressentait pour moi. Je n'avais toujours pas trouvé de clarté dans mes propres sentiments, je ne savais pas si c'était simplement une réaction de pansement dans l'après-Bruce, ou si c'était autre chose.

Lucy me regarda et me jeta un grand sourire.

— Salut ! dit Maisie en levant la tête de son bureau.

— Je déposais juste Em, donc je me suis dit que j'allais passer faire coucou.

Je m'arrêtai près de Lucy et Levi et souris quand Glory tourna la tête sur le côté, contre l'épaule de Levi, tendant la main, les doigts tout écartés.

Ses petits doigts boudinés s'enroulèrent sur mon doigt quand je levai la main. Mon cœur sursauta plusieurs fois.

— Alors, qu'est-ce qui t'amène ? demandai-je à Lucy.

— Oh, on a un rendez-vous de médecin pour Glory.

— Ouais, elle va battre un record de poids, ajouta Levi en hochant fièrement la tête.

Lucy leva les yeux au ciel.

— J'en doute. Tu oublies que je suis petite. Elle est en plein dans la moyenne. Sans parler du fait qu'il n'y a pas de compétition pour le poids des bébés.

Levy serra l'épaule de Lucy.

— Elle n'est pas dans la moyenne, elle est parfaite.

Ça lui valut un autre roulement d'yeux de la part de Lucy. Elle regarda l'horloge au-dessus de la porte, derrière moi.

— Il faut qu'on y aille, sinon on va être en retard.

— À plus ! lança Maisie alors que je leur faisais un coucou et qu'ils partaient vers la porte d'entrée.

Mon regard s'attarda sur eux à travers la porte-fenêtre pendant que Levi installait Glory dans son siège auto. Maisie tapait quelque chose sur son clavier quand je me tournai enfin vers elle.

Elle était devenue une bonne amie au fil des ans

depuis qu'elle avait déménagé à Willow Brook, après avoir hérité de la maison de sa grand-mère.

— Comment vont Max et Carol ? demandai-je. Ça fait quelques semaines qu'on n'a pas fait soirée cartes chez toi.

Maisie cliqua sur un bouton puis rangea le clavier sous le comptoir.

— Oh, ils vont super bien. Carol fait enfin ses nuits, la plupart du temps. Ça lui a pris beaucoup plus longtemps que pour Max. Et, de temps en temps, Beck fait la blague qu'on devrait faire un autre enfant, mais je ne suis pas sûre. Non pas que je n'en ai pas envie, je n'ai juste pas envie d'une année de plus sans sommeil, dit-elle avec un rire.

— Il parait que tu oublies si tu attends assez longtemps, plaisantai-je.

Les bouclettes de Maisie rebondirent quand elle gloussa.

— Ouais, c'est les mêmes qui te disent que tu oublies la douleur de l'accouchement. Crois-moi, je n'ai pas oublié. Et les kilos de grossesse ne repartent pas cette fois-ci. J'ai dit à Beck que si on en faisait un autre, il allait devoir s'habituer à mes rondeurs.

Je levai les yeux au ciel.

— Je suis certaine que Beck vénère tout ton corps.

Maisie rougit et haussa les épaules.

— Peut-être.

Je connaissais Beck depuis des années. Avant qu'il ne rencontre Maisie, je n'aurais jamais cru le voir se caser. Mais aujourd'hui, j'avais du mal à me souvenir du temps où c'était un dragueur insatiable. Il était toujours dragueur, mais Beck draguait tout le monde. Il serait capable de draguer une chaise. Mais il était fou amoureux de Maisie.

— Comment ça va avec Remy ? demanda Maisie, me surprenant avec ce changement de sujet radical.

Je la regardai sans rien dire. Mon histoire avec Remy n'était pas vraiment un secret. J'en avais parlé à Charlie et le sujet était même arrivé sur la table de poker deux ou trois fois pendant nos soirées cartes quelques semaines plus tôt. Le temps semblait se condenser avec lui, et je n'arrivais pas à croire le peu de temps qui s'était écoulé depuis notre premier baiser.

— Je ne sais pas, dis-je enfin. Enfin, ça va, mais j'ai l'impression que ça va plutôt vite. J'ai peur de ne pas réfléchir clairement.

— Explique, dit Maisie en me regardant de ses grands yeux marron.

— Juste ça. Après tout ce qu'il s'est passé avec Bruce, ça m'aurait été égal de ne jamais me remettre en couple. Puis cette histoire avec Remy a commencé, et maintenant je ne sais pas si c'est une relation pansement ou quelque chose de plus. Et le fait que Bruce soit libéré de prison et revienne en ville au même moment me retourne complètement la tête.

Maisie attrapa sa bouteille d'eau sur le bureau et prit une gorgée. En la reposant, elle me regarda, le regard sérieux.

— D'accord, je comprends pourquoi l'arrivée de Bruce t'a retourné la tête. Mais ça ferait ça quel que soit l'état de ta vie. Non ?

— Je crois, oui.

— Je ne pense pas que ton histoire avec Remy soit un pansement. Ça faisait bien trop longtemps que tu avais rompu avec Bruce. Juste parce que Remy est le premier gars avec qui tu sors depuis, ça ne fait pas de lui un pansement.

Je tapotai le comptoir du bout des doigts, mordant le côté de ma joue en réfléchissant à ce qu'elle disait.

— Je sais, ça colle pas niveau timing. Je m'inquiète. Je veux dire, il faut que je sois capable de gérer cette situation avec Bruce toute seule. Par exemple, là, Remy est en déplacement, et je ne sais pas combien de temps il sera parti, et je suis super stressée parce que Bruce est en ville et que je suis seule chez moi, et...

Je fis une pause, prenant une grande inspiration et arrêtant la chute de mes mots.

— Tu vois ce que je veux dire. Je pense juste qu'il faut qu'on ralentisse, c'est tout. En plus, je ne sais même pas ce que Remy veut.

— Remy te veut toi, dit Maisie avec un sourire. Ça se voit comme le nez au milieu du visage. Beck dit qu'il parle beaucoup de toi. C'est trop mignon.

Les mots mignon et Remy dans la même me firent exploser de rire. Car Remy était, eh bien, il était beau, sexy, grand, fort, dangereux. Mais mignon ? Pas vraiment un adjectif qui me viendrait à l'esprit.

Maisie haussa les épaules, riant avec moi.

— Je dis juste.

À ce moment-là, le téléphone de la caserne sonna et Maisie changea de vitesse immédiatement.

Je partis, réalisant après avoir pris la route que j'avais complètement oublié de lui demander si elle avait des nouvelles sur le retour de l'équipe de Remy.

# Chapitre Trente

# REMY

Je posai ma tronçonneuse au sol à côté d'un tronc et jetai mes gants en cuir juste à côté. Beck me lança un regard, passant sa main dans ses cheveux sombres ébouriffés et bouclés, en soupirant.

— Putain, je suis fatigué.

Il était assis au sol, ses jambes étendues devant lui, avec une bouteille d'eau dans une main et une barre de céréales dans l'autre.

— On est deux, si on ne compte pas le reste de l'équipe qui est sans doute dans le même état. Cette zone n'est pas facile à contenir.

On avait été appelés pour gérer un petit feu au départ, mais on était restés dans la zone pour faire un feu contrôlé. L'idée était de rendre la zone moins dangereuse en créant des barrières naturelles avant l'été. Même si on ne gérait pas un feu hors de contrôle, puisque la météo était de notre côté et qu'une partie des herbes basses était encore humide après l'hiver, la tâche restait épuisante. J'adorais ce boulot parce que je pouvais m'y perdre.

Je posai mes hanches sur le tronc et attrapai la

bouteille d'eau que Beck me lança, sortie de son sac à dos.

— Merci, mec, murmurai-je rapidement avant de la vider.

Il me lança un sourire en acquiesçant. La semaine avait été longue depuis qu'on avait atterri ici, et on était censés retourner à Willow Brook demain. Que je sois en train de travailler ou de me reposer, mes pensées revenaient sans cesse à Rachel et au trône qu'elle occupait dans mon esprit.

— Prêt à rentrer ? demandai-je.

— Oh oui. Maisie et les mômes me manquent. J'adore toujours mon taf, mais être loin d'eux n'est pas ce que je préfère.

— J'imagine, répondis-je.

Je me sentais encore un peu déstabilisé par ma dernière nuit avec Rachel. Je l'avais tenue dans mes bras pendant qu'elle dormait, mais je sentais l'anxiété qui la parcourait et la distance que ça créait entre nous.

L'après-midi suivant, la tension qui entourait mon cœur retomba légèrement quand je vis Willow Brook au loin, depuis le ciel. L'hélicoptère se posa sur l'héli-surface derrière la caserne. Quelques minutes plus tard, on descendait et rassemblait nos affaires, avant de marcher vers la caserne. Nous étions tous fatigués et sales.

Je vis Maisie prendre Beck dans ses bras. J'aurais voulu que Rachel et moi soyons dans le genre de rela-tion où l'on peut faire ça. Je détestais le fait que je ne puisse m'empêcher de me demander ce que Bruce avait pu lui faire pour la faire chier pendant que j'étais parti.

J'écris à Rachel avant de sauter dans la douche et de laisser l'eau brûlante effacer ma semaine de travail.

Après m'être habillé, je passai par le bureau de Rex, en me disant qu'il saurait me dire si Bruce avait fait quoi que ce soit cette semaine.

En levant les yeux de son ordinateur, il sourit quand il me vit et me fit signe d'entrer.

— Viens, entre, Remy.

M'installant sur une chaise en face de son bureau, je demandai :

— Des nouvelles ?

Je me dis que je n'avais pas besoin d'expliquer de quoi je parlais.

— Non, silence radio. Autant que je sache, Bruce s'est fait discret et est resté chez sa copine.

— Tu ne penses pas que Rachel te le cacherait s'il était allé chez elle, n'est-ce pas ?

Rex resta silencieux et haussa les épaules.

— Peut-être. Je suppose que si c'est mineur, par exemple s'il se balade en ville, elle ne me le dira pas. Mais s'il va jusque chez elle, elle m'appellera.

Je tapotai du bout des doigts sur l'accoudoir.

— J'espère que je n'ai pas l'air de... je ne sais pas, de penser que ça me regarde plus que ça ne devrait.

Rex secoua la tête.

— Pas du tout. Ce qu'il se passe entre toi et Rachel ne me regarde pas, mais en ce qui me concerne, on s'occupe les uns des autres ici. Je suis content que Rachel puisse compter sur toi.

À ce moment-là, mon téléphone vibra dans ma poche et le téléphone de bureau de Rex sonna.

— Il faut que je réponde, dit-il en regardant le téléphone.

— Ça marche. Merci de ton temps, répondis-je en me levant pour quitter son bureau.

En sortant mon portable de ma poche, je vis une réponse de Rachel.

*Je suis occupée ce soir. Je joue aux cartes avec les copines. Une autre fois ?*

———

Quatre longs jours s'étaient écoulés, et je n'avais toujours pas vu Rachel depuis que j'étais revenu de mission. La frustration bouillait en moi chaque seconde de chaque jour à ce stade.

Je savais que lui mettre la pression n'allait pas aider, mais j'étais impatient. Bon sang, j'étais plus qu'impatient, elle me manquait de plus d'une façon. Je n'aimais pas avoir l'impression qu'elle me repoussait. Elle ne m'avait pas complètement ignoré. Elle répondait à mes textos, toujours avec une nouvelle excuse de pourquoi elle ne pouvait pas me voir.

Ce qui m'énervait maintenant, c'était qu'elle n'avait pas répondu à mes deux derniers messages. J'étais inquiet et ça ne faisait qu'empirer de minute en minute. Je retenais l'envie d'aller chez elle pour voir si elle allait bien, simplement parce que je ne voulais pas me comporter comme Bruce. Elle ne m'appartenait pas.

Il était tard, après le boulot, et je me trouvais à me garer sur le parking du Firehouse Café. Je n'avais pas envie de faire face à la foule du Wildlands. La soirée de printemps amenait un air frais qui me suivit quand j'ouvris la porte du café. C'était plus calme que le matin, avec quelques couples installés à table, mais pas de queue. Janet leva les yeux et son sourire s'élargit quand elle me vit.

— Salut Remy !

M'arrêtant au comptoir, je m'appuyai contre le bois et essayai de sourire, mais ça me demandait beaucoup d'efforts.

— Salut Janet, comment ça va ?

Elle pencha la tête sur le côté.

— Quelque chose ne tourne pas rond, mais d'abord il te faut du café. Le café de la maison, comme d'habitude ?

— Avec plaisir.

Janet se retourna, attrapa vite fait une des tasses rouges typiques du café et la remplit. Elle ajouta la touche de crème que j'aimais bien sans même me demander et se retourna, faisant glisser la tasse jusqu'à moi. Je posai un billet de cinq sur le comptoir.

— Garde la monnaie.

Je pris une gorgée, fermai les yeux et soupirai.

— Tu fais vraiment un très bon café, Janet.

Elle souriait quand j'ouvris à nouveau les yeux.

— Je m'entraine beaucoup. Alors, dis-moi pourquoi tu as l'air...

Elle s'arrêta et plissa les lèvres.

— Tendu ?

Janet avait ce don pour pousser les gens à se confier à elle, sans doute parce qu'elle savait tout sur tout le monde ou tout ce qu'il se passait en ville, qu'elle était l'une des personnes les plus bienveillantes que j'aie jamais rencontrées, et ne colportait jamais de rumeurs. Même si elle entendait sans doute plus de commérages que n'importe qui d'autre dans cette ville.

— Je crois que Rachel m'évite, dis-je enfin.

Même si je n'avais jamais donné les détails à Janet, étant donné que Rachel et moi étions passés ici ensemble plusieurs fois pour un café, j'étais certain que Janet se doutait qu'il se passait quelque chose entre nous. Janet pinça les lèvres avant de soupirer.

— Vraiment ?

— Je crois. Tout ce que je sais, c'est que je ne l'ai

pas vue depuis que je suis parti en mission, et c'était il y a plus d'une semaine et demie.

— Va la voir, dit Janet.

— Tu es sûre que c'est une bonne idée ? Je ne veux pas...

— Je sais que tu ne veux pas ressembler à son ex, mais vous n'avez rien en commun. Il faut qu'elle sache que tu tiens à elle, parce qu'il est peu probable qu'elle le croie sans que ce soit une évidence qu'elle ne peut pas ignorer.

Je regardai Janet et haussai les épaules.

— Je ne suis pas si sûr.

— Eh bah dire que tu n'es pas sûr n'est pas vraiment la meilleure façon de lui déclarer ta flamme, dit Janet platement, alors que la cloche de la porte d'entrée sonnait.

En me retournant, je vis un couple avec deux petits enfants entrer. En regardant Janet, je levai ma tasse de café pour la remercier.

— Je vais y réfléchir. Ça fait toujours plaisir de te voir.

Janet me fit un clin d'œil.

— Avec plaisir. Ne réfléchis pas trop longtemps.

Alors que les mots de Janet résonnaient dans mon oreille, je me retrouvai à conduire vers la maison de Rachel. Ma maison était de l'autre côté de la ville. La vérité était que depuis ces deux semaines que j'avais passées avec Rachel, ma maison me paraissait vide, comme une caverne.

J'aimais bien ma maison. Je l'avais rachetée à un couple qui avait décidé de retourner dans l'un des autres États après avoir eu leur premier enfant, pour se rapprocher de leurs familles. C'était un coup de bol pour moi, de me trouver une petite cabane entourée d'arbres. Il y avait même un petit étang sur le terrain, à côté de la maison, avec un petit chemin entre les arbres qui reliait les deux. Et comme un grand lac un peu plus loin alimentait mon étang par un petit ruisseau, je pouvais même pêcher des truites.

Habituellement, quand j'étais sur les nerfs, je marchais vers mon étang, car j'adorais pêcher. C'était une activité calme et paisible. Mais aujourd'hui, ça ne me faisait aucunement envie. J'avais du mal à trouver quoi que ce soit paisible quand Rachel m'ignorait.

Je m'arrêtai sur le bord de la route en me disant que je ferais mieux de l'appeler d'abord. Le téléphone sonna plusieurs fois, puis elle finit par répondre. Sa voix était horrible. Elle toussa au milieu de son bonjour.

— Ça va ? demandai-je, alors que l'inquiétude remplaçait immédiatement la frustration que je ressentais.

Une toux rude servit de réponse, assez forte pour que je doive écarter le téléphone de mon oreille.

— Je suis malade, dit-elle enfin en marmonnant quand sa toux s'arrêta.

— J'arrive.

Je n'attendis pas qu'elle réponde et j'entendis l'appel se couper. En arrivant chez elle quelques minutes plus tard, je fus soulagé de trouver la porte déverrouillée, mais m'inquiétai soudain encore plus. Si je pouvais entrer comme ça, Bruce le pouvait aussi. Mais ce n'était pas quelque chose à régler tout de suite.

Henry me salua joyeusement, faisant le tour de mes jambes. En jetant un œil à travers la pièce, je vis Rachel allongée sur le canapé. Elle avait deux couvertures sur elle. Depuis l'autre bout de la pièce, je voyais la couleur fiévreuse de sa peau. Je m'avançai rapidement vers elle. Entre notre appel et maintenant, en quelques minutes, elle s'était endormie.

Mon cœur se serra, j'étais submergé d'inquiétude. Alors que j'hésitais à la réveiller, elle ouvrit les yeux, un regard vitreux et fatigué.

— Oh, je ne savais pas que tu venais ici, marmonna-t-elle.

Je posai une main sur son front. Elle était brûlante.

— Tu as pris quelque chose pour calmer ta fièvre ? demandai-je doucement.

Henry me rejoignit au bord du canapé, pressant son corps entier contre les coussins et posant sa tête sur la cuisse de Rachel. Sa queue rebondissait contre les coussins.

— J'ai pris de l'ibuprofène, mais ça fait quelques heures. Tu n'avais pas à venir jusqu'ici, dit-elle alors qu'elle essayait de se redresser, mais s'effondra très vite sur le canapé.

—Je reste là. Quand est-ce que tu as bu ou mangé pour la dernière fois ?

—Je ne sais pas, dit-elle, l'air vaincue.

Ses lèvres étaient sèches et craquelées. En serrant rapidement son avant-bras, je me levai et traversai la pièce. Après avoir accroché mon manteau au porte-manteau, je regardai le thermostat près de la porte, en réalisant qu'elle n'avait sans doute même pas remarqué qu'il faisait froid.

Après avoir monté le chauffage, j'explorai la cuisine. Ma mère avait insisté pour m'apprendre à cuisiner, donc je savais me débrouiller dans une cuisine. Je me dis que je pouvais au moins lui préparer un peu de bouillon de poulet.

Je réussis à trouver un paquet de blanc de poulet dans son congélateur, ainsi que des oignons et de l'ail. Après lui avoir préparé une tasse de thé et l'avoir emmenée jusqu'au canapé, j'attrapai deux ibuprofènes dans la salle de bains et l'aidai à se redresser avec quelques coussins. Elle réussit à prendre quelques gorgées et à avaler les cachets. J'espérai que ça aiderait à faire retomber sa fièvre.

— Ça va si je sors Henry un petit peu ? demandai-je quand elle sembla assez consciente pour répondre.

Elle hocha la tête.

— S'il te plait. Je suis sûre qu'il n'en peut plus d'être dans la maison. Je me suis retrouvée complètement K.-O. hier, et c'est encore pire aujourd'hui.

Je détestais la voir dans cet état. En me penchant en avant, je déposai un baiser sur son front avant de me redresser. Henry entendit son nom et faisait le tour de mes jambes avec joie.

— Tu veux que j'allume la télé ?

Elle prit une autre gorgée de café avec difficulté, tenant la tasse fermement dans ses mains.

— Pourquoi pas.

Son souffle était un peu saccadé quand je me retournai. Je trouvai la télécommande au sol et allumai la télé avant de la lui tendre. Je savais qu'elle aimait bien regarder des émissions de rénovation de maisons ou des émissions de cuisine, donc je choisis la chaine de cuisine. Je me dis que si elle réussissait à rester éveillée, elle pourrait changer la chaine elle-même.

— Allez mon gars, dis-je à Henry en traversant le salon et en remettant mes bottes.

Une fois dehors, je restai sur place et lançai la balle qu'Henry me ramenait encore et encore. Il était si plein d'énergie quand on sortit, à courir comme un chien sauvage, sa langue volant au vent alors qu'il revenait vers moi à chaque fois.

Son rythme était de jouer avec la balle pendant quelques minutes puis de faire une pause pipi dans les arbres. Puis il revenait rapidement vers moi, posant la balle à mes pieds avant qu'on recommence la séquence. Quand il commença à ralentir et à se fatiguer, je le rentrai dans la maison et lui donnai son diner. Rachel ouvrit les yeux quand on rentra et nous fit un petit coucou. Mais à part ça, elle bougea à peine.

Après qu'Henry eut mangé, je me mis au boulot. J'éminçai l'ail et les oignons et les fis revenir dans une poêle alors que je plongeais le poulet dans de l'eau bouillante. J'étais capable de préparer un bouillon de poulet avec des petits raviolis sans souci. À part les oignons et l'ail, il n'y avait pas beaucoup de légumes dans la maison, donc je pris simplement un paquet de légumes surgelés dans le congélateur. Après avoir assaisonné le bouillon avec de l'estragon, du poivre et un peu de sel, je préparai des ravioles et les laissai flotter à la surface.

J'entendis un croassement arriver du salon et je levai les yeux pour trouver Rachel en train d'essayer de se lever.

— Ne bouge pas, lançai-je. Je t'amène un bol de soupe.

— Il faut que j'aille faire pipi, marmonna-t-elle avec un rire qui se transforma en une quinte de toux.

Après avoir coupé le gaz sous la soupe, je me dirigeai vers elle. Elle traversa la moitié de la pièce, mais dut s'arrêter quand elle remit à tousser.

— Tu as appelé Charlie ? demandai-je en la stabilisant d'un bras autour de la taille.

— Elle sait que je suis malade parce que j'ai pris ma journée. C'est juste un rhume, réussit-elle à dire entre deux violentes toux.

— Peut-être, mais t'as vraiment pas l'air en forme.

— Je ne vais pas prendre d'antibios. En plus, Charlie ne m'en donnerait pas. Y a eu beaucoup trop d'abus dans les prescriptions d'antibiotiques ces dernières années. La meilleure chose à faire pour un rhume, c'est de boire beaucoup de liquide et de se reposer, dit-elle après une inspiration saccadée.

— Je ne dis pas que tu devrais prendre des antibios. Je pense juste que peut-être quelqu'un devrait t'examiner.

Elle se redressa et fit quelques pas de plus. Je décidai que je m'en fichais si elle s'énervait, j'allais l'aider à marcher jusqu'à la salle de bains. Il était évident qu'elle était faible et qu'elle ne tenait pas debout.

Après qu'on eut passé la porte, elle leva les yeux vers moi.

— Tu ne vas pas rester ici et me regarder faire pipi, annonça-t-elle en levant le menton.

Je gloussai, soulagé de voir que son attitude était encore en vie.

— Je n'avais pas prévu de rester, je serai de l'autre côté de la porte.

En levant les yeux au ciel, elle passa devant moi. Je sortis de la pièce, fermant la porte et m'adossant au mur le plus proche. Henry leva la tête, installé sur son fauteuil préféré, à côté du canapé, et je vis qu'il avait l'air inquiet. Je me fichais bien que certaines personnes me trouvent fou, mais je savais que les chiens étaient capables de sentir ce genre de choses. Il était clair qu'Henry était conscient que son humaine ne se sentait pas bien.

Après quelques minutes, j'entendis la chasse d'eau et l'évier de la salle de bains. La porte s'ouvrit et Rachel se tint là, comme si son excursion du canapé à la salle de bains l'avait complètement épuisée. La teinte fiévreuse de sa peau lui donnait un air pâle, presque fantomatique. J'espérais que sa fièvre retomberait rapidement.

Elle ne refusa pas mon aide pour traverser la pièce

dans l'autre sens. Après l'avoir aidée à s'installer sur le canapé, m'assurant que les coussins la soutenaient et que les couvertures couvraient bien ses jambes, je me redressai.

— Je ne sais pas ce que tu as préparé, mais ça sent vraiment bon. Et ça en dit long parce que je ne sens presque rien, dit-elle d'une voix cassée et fatiguée.

Je souris, déposant un baiser sur son front.

— Bouillon de poulet avec des ravioles. Ça vient tout de suite.

Elle pointa du doigt vers un plateau sur pieds que j'installai à côté d'elle. Après lui avoir servi un bol de soupe, ainsi que plus de thé, je me servis un bol et la rejoignis sur le canapé.

— Oh mon Dieu, marmonna-t-elle entre deux bouchées. C'est délicieux. J'aimerais vraiment pouvoir goûter ça correctement, parce que c'est super bon, et je suis sûre que je n'en ai que la moitié.

— Bien. Il faut que tu manges quelque chose.

Après avoir mangé, elle s'enfonça dans les coussins avec un soupir, en fermant les yeux. Je retournai vers la cuisine, fis la vaisselle et rangeai tout ce qu'il y avait à ranger. J'avais fait assez de soupe pour qu'elle en ait pendant quelques jours. Ses yeux s'ouvrirent encore quand je m'installai à nouveau à côté d'elle sur le canapé.

— Tu vas tomber malade si tu restes, dit-elle avant de recommencer à tousser.

— Je n'ai aucune intention de partir, ma belle. Si je tombe malade, je tombe malade, mais je ne te laisse pas toute seule dans cet état. En plus, Henry a besoin de quelqu'un qui puisse le sortir.

J'ajoutai ce dernier argument parce que je savais qu'elle s'inquiéterait plus pour Henry que pour elle-même.

Un petit soupir saccadé sortit.

— Tu as raison. Merci encore de l'avoir sorti.

Elle s'endormit devant la télévision, qui maintenait un murmure faible dans le fond. De mon côté, je n'avais aucune intention de partir avant qu'elle ne se sente mieux.

# Chapitre Trente-Et-Un

# RACHEL

À un moment dans la nuit, je me réveillai, ma propre toux me tirant du sommeil. Pendant un instant, j'étais perdue. Puis je réalisai que j'étais blottie contre le torse de Remy avec des couvertures qui nous couvraient tous les deux. Avant qu'il n'arrive la nuit dernière, j'étais en pleine poussée de fièvre, avec d'horribles frissons froids qui empêchaient la chaleur de vraiment englober mon corps, mais si j'avais quand même trop chaud à cause de la fièvre.

Tenue fermement contre lui, son corps faisant office de pile de force et de chaleur, j'avais enfin chaud de plus d'une façon. Le pire de la fièvre était passé, même si je savais que c'était sans doute grâce à l'ibuprofène. Je sentais encore ma fièvre sous la surface, prête à reprendre le dessus.

J'étais si fatiguée et faible. Je détestais avoir besoin de quelqu'un, mais j'étais soulagée que Remy soit arrivé la nuit dernière. Levant la tête doucement, je jetai un œil dans la pièce. Il restait une lumière allumée dans la salle de bains, sans doute volontairement, qui éclairait légèrement mon salon. Henry était profondément endormi sur son fauteuil. La télévision était éteinte et la maison était silencieuse.

Une autre quinte de toux arriva, me surpassant cette fois. Quelques secondes plus tard, je toussais fort et profondément, presque incapable de reprendre de l'air. Je sentis Remy se réveiller quand son corps se tendit.

— Je vais te chercher du sirop.

Je secouai la tête entre deux toux.

— Je ne veux pas que tu bouges, dis-je enfin, me sentant vulnérable de le dire à voix haute, mais trop malade pour que ça m'empêche de le dire.

— Je reviens tout de suite.

Ses mains m'écartèrent délicatement de son torse. Il glissa de dessous moi et revint un instant plus tard, me tendant une petite coupe en plastique, remplie d'une dose de sirop pour la toux. Je l'avalai.

— C'est tellement pas bon ce truc, lâchai-je, la voix cassée.

Remy remplaça immédiatement la coupe de sirop par un verre d'eau. Je pris une gorgée, reconnaissante, chassant le goût de médicament de ma gorge.

— Ça, c'est sûr, mais ça va t'aider pour la toux.

Comme il l'avait promis, Remy revint sur le canapé, me reprenant dans ses bras et tirant les couvertures sur nous. Après avoir toussé un peu plus, je m'installai sur lui avec un soupir.

— Tu n'as pas chaud ? murmurai-je contre son torse.

— Ne t'inquiète pas pour moi, ma belle.

Je savourai la vibration de sa voix contre mon oreille, retombant dans le sommeil, en me disant que je pourrais facilement m'habituer à tout ça.

———

Presque une semaine plus tard, j'étais assise sur mon canapé, à regarder une émission de cuisine, la tête ailleurs. Remy était parti parce qu'il fallait qu'il travaille. J'avais appelé le cabinet pour essayer de les convaincre de me laisser revenir, mais Charlie et Doc insistaient sur le fait qu'il fallait que j'attende que ma toux disparaisse.

Ils avaient ignoré mon argument comme quoi je n'étais plus contagieuse. Remy était parti seulement deux jours, mais il m'avait manqué une heure à peine après son départ. Même si j'avais été dans les vapes la plupart du temps, le fait qu'il s'était très bien occupé de moi quand j'étais au plus bas ne m'avait pas échappé.

Évidemment, j'aurais survécu sans lui, mais ce bouillon de poulet et ces ravioles avaient été un cadeau du ciel. Le fait qu'il insiste pour que j'aie toujours une tasse de thé chaud en main et pour vérifier si j'avais encore de la fièvre me serrait le cœur rien qu'en y pensant.

J'avais eu enfin assez de force pour prendre une douche la nuit dernière. Après ça, j'avais eu l'impression de redevenir humaine. Il ne restait aucune trace de maladie à part une petite toux et un nez un peu pris.

Et je n'avais aucune idée de quoi faire. Remy était parti pour Fairbanks, pour une formation, et il était censé être parti trois jours. Il avait proposé d'annuler, mais je ne pouvais pas le laisser faire ça. Même si j'en avais eu envie. Vraiment.

Il était parti depuis deux nuits et m'écrivait plusieurs fois par jour. Il me manquait, et j'étais complètement perdue dans ma tête. J'étais sur le point de quitter la maison pour aller jouer aux cartes chez Holly. Avant, on allait dans son appartement, mais elle avait fini d'emménager chez Nate. Holly était encore une autre de mes amies qui était folle amoureuse de son compagnon.

J'étais ravie pour elle. Ça ne faisait que me rappeler que je n'y voyais pas très clair dans ma vie romantique, et que ça m'attristait. En me secouant, je me levai et montai vers ma chambre. Après une douche rapide, j'enfilai de vrais vêtements.

Alors que j'arrivais devant ma porte d'entrée, la main posée sur la poignée, je regardai Henry.

— Pas de bêtises, d'accord ?

Sa queue rebondit, mais, en un éclair, il changea complètement d'attitude. Il leva les oreilles et leva la tête, alors que le poil de son cou se hérissait. Un sentiment de peur me traversa, un sentiment froid me tordant l'estomac.

Quand je jetai un œil par la fenêtre, je vis un élan traverser la route et entrer dans mon allée. Je me détendis immédiatement. Je pouvais gérer un élan.

Henry trotta vers la fenêtre, son nez collé à la vitre alors qu'il regardait l'élan disparaitre entre les arbres, au bout de l'allée. M'écartant de la porte, je marchai vers Henry, le grattant derrière les oreilles. Sa queue remua, frappant ma jambe quand je m'éloignai.

Que ce soit Bruce ou un élan, Henry me prévenait toujours quand quelqu'un arrivait.

Holly et Nate vivaient de l'autre côté de Willow Brook par rapport à moi. Lorsque je traversai la ville, je m'arrêtai au supermarché pour acheter une bouteille de vin et un paquet de chips. Je me tenais dans le rayon, à regarder les produits, quand un frisson traversa ma colonne vertébrale. Sans même avoir besoin de me retourner, je savais que Bruce était là. Ma vieille peur se réveilla, mais, étrangement, un sentiment de colère calme suivit.

En me retournant, je le trouvai qui se tenait à trois mètres de moi. Il ne me regardait pas, mais je n'avais absolument aucun doute sur le fait qu'il savait que j'étais là. Je fis quelques pas vers lui.

— Bruce, arrête tes conneries, dis-je platement.

Il leva la tête, et je pris un moment pour l'observer. Ses cheveux marron étaient coupés courts, et ses yeux bleus ressortaient. C'était un homme musclé, et je détestais penser à la façon dont il utilisait sa force.

Malgré tout le reste, il était beau garçon. Je savais maintenant que ce que j'avais ressenti pendant que nous étions ensemble n'était qu'une réaction à un charme superficiel. L'élan initial d'attraction s'était envolé quand le masque était tombé.

— Je ne sais pas de quoi tu parles, Rachel. Si tu appelles ces putain de flics parce que je suis au super-marché, vraiment c'est que tu fais ta connasse, marmonna-t-il, le regard neutre.

Je reconnaissais quelque chose de familier chez lui : il anticipait ma réaction. Je savais qu'il attendait de pouvoir s'en délecter. Même si une peur froide avait emmêlé mon estomac, je ne réagis pas. Il ne restait rien. C'était un petit homme pathétique et violent, et je n'allais pas le laisser me contrôler.

Un couple arriva dans le rayon derrière lui, en parlant de quelque chose. En même temps, derrière moi, j'entendais une mère débattre avec son fils sur quel gâteau il voulait. Je savais que ce supermarché était rempli de personnes que je connaissais. Quoi qu'il se soit passé entre Bruce et moi par le passé, j'étais en sécurité ici. Cette certitude me donna de la force.

— Ce n'est pas ma responsabilité de t'éviter. C'est ta responsabilité à toi, de m'éviter moi. Si tu crois pendant une seule seconde que le fait de trainer en ville peut m'atteindre, tu te trompes.

Bruce plissa les yeux. Je sentais qu'il essayait de jauger ma réaction, et je sentis presque une pointe de surprise émaner de lui. Je pris une respiration lente, me faisant grande dans ma tête et m'accrochant à la force que j'avais retrouvée depuis qu'il m'avait torturée.

— Je te suggère de quitter cette ville. Et laisse ta copine tranquille, fiche-lui la paix. Willow Brook est une petite ville. Personne ne te laissera oublier ton passé sordide ici, dis-je.

Bruce resta silencieux, puis marmonna quelque chose dans sa barbe.

— Pardon ? contrai-je.

— Va te faire voir, Rachel.

Il se retourna et partit. Je ne savais pas exactement comment, mais j'avais la certitude qu'il ne viendrait plus m'embêter. Son pouvoir de manipulation et son contrôle dépendaient de la faiblesse ressentie par sa victime. Même si j'étais encore en train de reconstruire ma vie et que j'aurais toujours des cicatrices de ce qui s'était passé, Bruce n'avait plus aucun pouvoir sur moi.

Je ne pouvais pas effacer le passé ou comment je m'étais retrouvée dans cette situation horrible, mais je pouvais me libérer de l'effet qu'il me faisait.

———

— Bordel ! s'exclama Lucy alors qu'elle jetait le reste des cartes de sa main sur la table, jetant un regard à peine joueur vers Maisie.

— On sait. Tu n'aimes pas perdre, proposa Amelia platement.

— Tu viens de gagner la manche précédente, ajouta Maisie.

Lucy leva les yeux au ciel. En effet, Lucy n'aimait pas perdre. Maisie était très bonne aux jeux de cartes, et gagnait presque toujours. Ce qui était drôle, c'était que quand Lucy battait Maisie, elle pensait toujours que Maisie l'avait laissée gagner.

On était installées sur des tabourets autour de l'îlot de cuisine de la maison de Holly et Nate. Entre deux manches de cartes, on mangeait des chips et buvait du vin. Et on parlait. Il y avait toujours beaucoup de choses à se dire. Des potins, surtout.

Avec un sourire, Holly posa un nouveau bol de guacamole sur la table avant de s'installer sur son tabouret à côté de moi.

— J'ai gagné une fois aussi ce soir, dit-elle avec un clin d'œil.

Lucy haussa les épaules, oubliant déjà cette dernière défaite.

— Alors, dis-nous, comment ça va avec Remy? demanda Holly, me prenant complètement au dépourvu avec ce changement de sujet.

Heureusement, je venais de tremper une chips dans le guacamole ce qui m'offrit une minute de réflexion alors que je finissais ma bouchée. Je n'étais pas surprise par le fait que mes amies se posent des questions. Dans notre petit groupe, on ne voyait pas vraiment ça comme un commérage de se demander ce qu'il se passait dans la vie les unes des autres, ou ce qu'il ne se passait pas.

Charlie était assise en face de moi et croisa mon regard, ses yeux animés d'un éclat. Elle savait que Remy s'était occupé de moi pendant que j'étais malade. Elle m'avait aussi dit que je devrais sans doute être honnête à propos de mes sentiments, car je m'inquiétais trop.

En regardant Holly, je haussai les épaules.

— Ça se passe bien. Il ne revient pas avant après-demain. La dernière fois que je l'ai vu, j'étais malade, donc...

Je ne terminai pas ma phrase.

Charlie rompit le silence, ce qui m'aida.

— Remy est venu s'occuper de toi, il t'a fait du bouillon de poulet et m'a appelée pour me demander de venir t'ausculter, pour voir si ta fièvre n'était pas trop violente.

Amelia haussa les sourcils.

— Oh. C'est...

— Ça a l'air sérieux, intervint Lucy.

— C'est ce que j'ai entendu dire aussi. C'est pour ça que je me demandais comment ça allait. Je pense que Remy tient vraiment à toi, et tu serais bête de ne pas te jeter sur l'occasion. Quand je me voilais encore la face sur Nate, j'ai essayé de trouver Remy beau. Je n'ai pas réussi à dépasser un stade superficiel. Enfin, il est canon, mais c'était pas mon gars, m'expliqua Holly, avec un regard sage.

— Oh mon Dieu. Combien de fois est-ce que vous avez parlé de nous entre vous ?

— Sans doute aussi souvent que vous avez parlé de moi et Nate, répondit Holly en haussant les épaules.

Lucy gloussa.

— Je sais que je déteste quand les gens commèrent, mais, avec nous, ça compte pas.

— C'est pas des potins si on tient à toi, et on veut juste s'assurer que tu finisses avec Remy-le-sexy, ajouta Amelia.

Je fis le tour de la table, en regardant mes amies curieuses, mais bien intentionnées, et je soupirai.

— Je me prépare. Ce n'était pas vraiment le moment idéal quand je toussais à la mort et que j'avais de la fièvre. En plus, qui sait de quoi il a envie ?

— Oh, il a envie de toi, dit Maisie en revenant de la salle de bains, n'ayant clairement rien raté de notre conversation.

— Mais comment tu sais ça ? demandai-je.

— Parce que je vois comment il te regarde. Arrête tes bêtises, dit-elle fermement en s'installant sur son tabouret et en attrapant une chips.

En regardant mes amies, je gardai mon nouveau soupir pour moi. Même si ma rencontre brève avec Bruce en chemin vers cette soirée m'avait un peu aidée à dépasser une partie de ce qu'il m'avait fait, j'avais encore du mal à accepter à quel point j'avais envie de me reposer sur Remy.

Je n'avais pas vraiment envie de discuter de ça avec tout un groupe. Donc je levai les yeux au ciel et répétai l'évidence à mes amies.

— Évidemment que je sais que Remy est canon et un bon parti. En plus, il sait cuisiner. Cette soupe et ces ravioles qu'il m'a faites étaient incroyables, même si j'avais perdu presque tout sens du goût.

Si elles étaient conscientes que j'évitais le cœur du sujet, mes amies m'aimaient assez pour me laisser faire.

# Chapitre Trente-Deux

# RACHEL

Le lendemain, j'attendais avec impatience un message de Remy et ne pouvais pas m'empêcher de regarder mon téléphone toutes les deux minutes alors que j'étais au bureau. Les dernières fois où il était parti en mission, il m'avait écrit quand il était sur le chemin du retour.

Quand je n'eus pas de nouvelles, ces vieux doutes, profonds et méchants, commencèrent à renaitre dans mon cerveau, me demandant pourquoi quelqu'un d'aussi bien que Remy voudrait quelque chose de sérieux avec moi. Peut-être que ce n'était que sexuel, peut-être qu'il était juste gentil en s'occupant de moi quand j'étais malade.

Sous la surface de ces pensées, il y avait une voix plus douce, qui se noyait souvent dans mes doutes critiques et criards. Cette voix essayait de me rappeler ce que je ressentais quand on était ensemble, de l'intensité, l'intimité et de cette connexion incroyable. Qui transcendait toutes qualités physiques.

Après avoir enfin reçu l'autorisation de revenir travailler, j'avais largement assez de choses à rattraper pour ne pas avoir le temps de regarder mon téléphone en permanence. Quand j'eus terminé ma journée, j'eus besoin de fouiller mon bureau pour trouver mon portable. Parfois, ça arrivait que je le laisse dans une salle d'examen quand je passais rapidement d'un patient à l'autre. Je le trouvai sur le comptoir à côté de l'ordinateur dans la salle des dossiers, où je l'avais laissé à charger quand la batterie s'était trouvée mourante.

Avec un gros mot marmonné, je l'attrapai. J'espérais de tout mon être qu'un message de Remy m'attendait.

Au lieu de ça, il y avait un SMS de Maisie ainsi que trois appels manqués de son numéro perso.

*Où es-tu, bon sang? J'essaie de te prévenir que Remy est super malade et qu'ils l'ont emmené à l'hôpital quand il est rentré.*

J'appuyai sur le bouton de rappel et traversai rapidement le couloir du bureau. Maisie répondit immédiatement.

— Qu'est-ce qu'il se passe avec Remy? Je suis en chemin.

— Je crois que ça a commencé par une toux, puis il a continué à bosser. Parce que, tu sais, les hommes sont bêtes. D'après Beck, ce matin, il a fait une poussée de fièvre. Ils étaient déjà censés rentrer, donc ils ont suivi le programme. Remy n'était pas super content qu'ils insistent pour qu'il soit examiné à l'hôpital, mais c'est là qu'il est, expliqua Maisie.

— Tu as eu des nouvelles depuis qu'ils l'y ont emmené? demandai-je en attrapant mon manteau posé sur ma chaise de bureau et en me dépêchant de sortir.

— Non, juste qu'il est là-bas pour se faire examiner. Beck a promis qu'il appellerait dès qu'il aurait des nouvelles.

— Je suis sûre qu'il a chopé ce que j'avais. Je me sens tellement coupable, dis-je en grimpant dans ma voiture.

— Tu étais malade. Même s'il a attrapé ton rhume, ce n'est pas de ta faute qu'il soit tombé malade, dit Maisie calmement. Il faut que j'y aille. J'ai un appel sur la ligne de la caserne.

— Merci de…

Je n'eus pas le temps de terminer ma phrase avant que l'appel ne se termine.

Je ne le pris pas pour moi, étant donné qu'elle était chargée des appels d'urgence. Je fonçai vers l'hôpital, faisant sans doute un excès de vitesse sur la route et heureuse de me dire que je pourrais sans doute convaincre Rex de ne pas me donner de contravention si je me faisais arrêter.

Quelques instants plus tard, je traversai l'entrée de l'hôpital au pas de course, en regardant de tous les côtés. Les urgences de Willow Brook avaient deux côtés : l'un pour les grandes urgences, comme des blessures sévères, et un pour les cas comme Remy, où l'urgence était moins grave. En traversant rapidement le couloir, je me dirigeai vers l'aile où je pensais le trouver.

Charlie était de garde cet après-midi, par hasard. Je vis sa queue de cheval noire et l'appelai. Elle se retourna et me fit signe.

— Tu as vu Remy ? demandai-je sans même prendre le temps de lui dire bonjour quand j'arrivai à son niveau.

Le regard de Charlie s'adoucit.

— J'étais sur le point de t'appeler. Ça va aller, mais je viens de l'admettre. Il a une pneumonie virale.

— Oh mon Dieu, où est-il ?

Elle désigna par-dessus son épaule avec son pouce la chambre dont elle venait de sortir.

— Je viens d'apprendre qu'il était là, sinon je t'aurais appelée plus tôt. Il est là-dedans et n'est pas particulièrement content de mes recommandations. Je pense que ça a commencé par un simple rhume. Il y a largement assez de virus qui se baladent en ville. Et comme un homme idiot, il est parti en mission, dans un lieu froid et humide et a bossé comme un fou.

Je commençai à avancer vers la chambre et elle m'attrapa par le coude.

— Il est épuisé.

Je la fixai du regard, des larmes chaudes dans les yeux et ma gorge se serrant d'émotion.

— Ça va ? demanda-t-elle d'une voix plus douce.

Je hochai rapidement la tête, en essayant de respirer, malgré ma gorge serrée.

— Je vais bien. Je ne sais pas pourquoi je flippe autant, murmurai-je avec un soupir tremblant.

— Il a juste besoin de se reposer, de prendre des médicaments et de boire beaucoup de liquide.

Je la regardai, acquiesçant de façon tremblante. Elle ne dit rien de plus et remonta sa main vers mon épaule pour la serrer.

— Il va s'en sortir très bien. Va le voir. Je doute que qui que ce soit ici te limitera aux heures de visite, pas toi, dit-elle avec un sourire doux.

À ce moment-là, son nom fut appelé à l'interphone. En serrant encore mon épaule, elle partit rapidement. J'ouvris la porte de la chambre d'hôpital de Remy et la refermai derrière moi silencieusement en entrant dans la pièce. Il était sous la couverture, les yeux fermés. Alors que mon cœur était encore serré, je m'approchai du lit. Quand je m'arrêtai à côté de lui, il ouvrit les yeux et tourna la tête. Il avait l'air vraiment malade. Sa peau avait un teint rouge et fiévreux, et ses yeux étaient vitreux. Il avait l'air complètement épuisé.

Mon homme, mon Remy super fort, était complètement lessivé.

— Salut, dis-je doucement.

Posant ma main délicatement sur son avant-bras, là où il était posé sur le matelas, j'écartai ses cheveux de son front de mon autre main.

— On dirait que tu as chopé mon rhume, au final.

Les lèvres de Remy s'arrondirent.

— Je ne sais pas. Peut-être, mais deux des gars de l'équipe ont le même mauvais rhume. Charlie vient de me faire la leçon...

Il s'arrêta de parler quand une quinte de toux violente s'empara de lui.

Je fis le tour de la pièce avec mes yeux et trouvai un gobelet en plastique avec de l'eau sur le plateau à côté de son lit. Je remplis le verre avec la carafe et lui tendis quand il réussit enfin à arrêter de tousser. Il prit plusieurs gorgées puis reposa sa tête contre les coussins, encore plus fatigué qu'avant.

Mon cœur se serra.

— Alors, qu'est-ce que Charlie t'a dit ? demandai-je quand sa respiration sembla revenir à la normale.

— Elle a dit que je n'aurais pas dû travailler si dur. Elle pense qu'entre l'effort et la météo, j'ai une pneumonie virale. Je ne sais même pas ce que c'est. Elle veut me garder en observation pour une nuit, et je n'ai pas envie de rester là.

— Ouais, elle m'a dit ça quand je suis arrivée.

J'écartai ses cheveux de son front à nouveau, sentant une pointe d'inquiétude s'emparer de moi quand je touchai sa peau chaude de fièvre.

— Charlie n'est pas du genre à surréagir, donc si

elle dit que tu dois passer la nuit ici, tu dois passer la nuit ici.

Remy s'effondra sur les coussins avec un soupir, un son qui gratta ses poumons.

— Je vois. Dit la personne qui ne voulait même pas voir de médecin quand elle était malade.

— Tu veux du thé ? demandai-je en ignorant sa remarque.

— Ce que je veux, c'est rentrer chez moi. Je n'ai pas besoin que tu t'occupes de moi en plus de toutes les infirmières, marmonna-t-il.

Je plissai les yeux.

— Je n'ai aucune intention de partir. Tu n'as pas répondu à ma question. Est-ce que tu veux du thé ?

Il posa son gobelet sur le plateau et hocha la tête.

— Ça fera sans doute du bien à ma gorge.

Alors que je me retournais pour m'éloigner du lit, il attrapa ma main. En le regardant, mon souffle se coinça dans ma gorge. Même s'il était malade, claire-ment épuisé, et sans doute au bout de sa vie, cet homme réussit quand même à me lancer un regard sexy, un regard qui me brûla la peau.

— Tu m'as manqué, dit-il doucement avant d'ex-ploser dans une autre quinte de toux.

Quand il eut repris son souffle, je remplis son gobelet à nouveau et le lui tendis. Tout du long, mon cœur battait à un rythme étrange dans ma poitrine.

— Tu m'as manqué aussi.

Il soutint mon regard, des yeux si intenses qu'il en vola mon cœur. Puis il se remit à tousser.

— Je vais aller te chercher ce thé, et demander à Charlie si on peut faire quelque chose pour la toux, dis-je dès qu'il arrêta de tousser.

# Chapitre Trente-Trois

# REMY

Deux semaines plus tard, je me reposais sur le canapé chez moi, avec Henry blotti contre mes jambes et Rachel qui s'affairait dans la cuisine. Apparemment, avoir une pneumonie était vraiment une activité nulle. Du moins, c'était ce que j'avais récemment appris. Charlie avait vraiment hésité à me laisser sortir de l'hôpital après une nuit, sans doute parce que j'étais le pire patient qu'elle ait jamais eu. Elle voulait que je boive beaucoup de liquide et que je prenne quelque chose pour calmer ma toux.

Elle m'avait ordonné de rester chez moi pour me reposer, plutôt sévèrement. Je n'avais eu aucune intention de l'écouter. J'avais supposé qu'il me faudrait sans doute quelques jours de repos pour retrouver toute mon énergie et qu'ensuite je serais prêt à retourner travailler. Ce n'était pas vraiment ce qu'il s'était passé. Il y avait eu une longue semaine avant que j'aie assez d'énergie pour faire quoi que ce soit d'autre que dormir, manger et câliner Rachel sur le canapé.

Rachel avait insisté pour m'accompagner quand j'avais quitté l'hôpital. J'avais commencé à me soigner chez elle, mais on avait fini par se relocaliser chez moi après la première nuit. Bien sûr, je lui avais dit qu'Henry pouvait venir, c'était plus facile comme ça. Elle avait fini par me confier qu'elle pensait vendre sa maison dans tous les cas, parce qu'il y restait trop de souvenirs de Bruce.

Je n'en étais pas certain, car je n'avais pas l'énergie de vérifier, mais je supposais qu'elle avait réorganisé ma cuisine. Même si je cuisinais plutôt mieux que la moyenne, je me fichais complètement de l'organisation de ma cuisine. Rachel, en revanche, avait toutes sortes d'opinions sur où chaque chose devait aller. Les premiers jours, elle avait posé des tonnes de questions sur où trouver les choses, marmonnant dans sa barbe régulièrement. Je lui avais laissé carte blanche pour faire ce qu'elle voulait.

— Comment ça va par là ? appela-t-elle alors qu'elle ajustait la flamme sur une casserole en acier.

— Très bien, ma belle, très bien. Qu'est-ce que tu prépares ?

— Plus de poulet et de ravioles, répondit-elle.

J'avais découvert qu'elle était aussi capable de faire un super bouillon de poulet aux ravioles. Elle variait les plaisirs, mais me forçait à manger de la soupe tous les jours depuis que j'étais sorti de l'hôpital.

Non pas que je m'en plaignais. Du tout. Cette femme savait cuisiner. J'étais presque certain qu'elle pourrait cuire de l'eau et que ce serait délicieux.

— J'ai aussi fait du pain pendant que tu dormais, ajouta-t-elle.

— C'est ça qui sent si bon ?

Je caressai Henry sur la tête et me levai du canapé, me dirigeant vers la cuisine pour mener l'enquête.

Je n'avais eu la force de me lever que quelques

minutes à la fois ces derniers jours. Quand j'arrivai dans la cuisine, l'odeur du pain frais m'assaillit.

— Ça sent tellement bon, murmurai-je en passant derrière Rachel, enroulant mes bras autour de sa taille et me penchant pour l'embrasser dans le cou.

Ça faisait bien trop longtemps que nous n'avions pas couché ensemble. À ce moment précis, avec ses fesses collées à moi, mon corps se réveilla, ma queue se tendant en quelques secondes.

— Tu sens encore meilleur que le pain, ajoutai-je en déposant quelques baisers de plus dans son cou et en mordillant son oreille.

Elle gloussa.

— Sois sage, ordonna-t-elle. Tu n'es pas encore complètement remis.

En tendant le bras, je coupai le feu et lui pris la louche des mains pour la poser sur le plan de travail.

— Je n'ai pas besoin d'être complètement remis, ma belle.

— Remy, tu...

Elle laissa sa phrase en suspens quand je la fis tourner dans mes bras et touchai son cul, enfonçant mon excitation dans le creux de ses hanches. Ses joues rosirent et elle ouvrit la bouche en un petit O adorable.

— Qu'est-ce que tu disais ?

Ses cheveux étaient tenus dans une queue de cheval lâche alors que des mèches encadraient son visage. Elle portait un jogging qui tombait bas sur ses hanches et un T-shirt à manches longues. Je supposais que peu de gens décriraient cette tenue comme sexy. Mais moi, si.

Je passai la main sous son T-shirt, grognant presque en touchant sa peau soyeuse alors que ma paume parcourait son ventre pour attraper son sein. Son téton était tendu à travers la soie de son soutien-gorge quand je le pinçai de mes doigts. Je balançai mes hanches contre elle à nouveau.

— Tu n'as pas répondu, jouai-je.

Un petit gémissement lui échappa avant qu'elle ne réponde.

— Tu n'es pas complètement remis.

— Je me sens parfaitement bien. D'ailleurs, je pense que je vais mieux.

Elle gémit quand j'ouvris son soutien-gorge à l'avant, un grognement grave m'échappant à la sensation de sa peau chaude et du poids de son sein dans ma paume.

— Il faut que tu manges, murmura-t-elle, suivi d'un lourd soupir quand je plongeai la tête en avant, passant mes dents le long de la peau fine de son cou.

J'avais appris à connaitre son corps plutôt bien, et je connaissais les zones qui lui faisaient perdre la tête. Cet endroit sur le côté de son cou en faisait partie, et ses tétons étaient ultra-sensibles.

— On mangera après, murmurai-je en prenant enfin ses lèvres dans un baiser.

Elle soupira, la chaleur sucrée de sa bouche m'accueillant, sa langue trouvant la mienne.

Parfait.

Le désir me fouetta et j'étais soudainement affamé. Mais elle était la seule chose que je désirais. C'était peut-être parce que ça faisait longtemps. Je ne pensais pas que quelques semaines pouvaient sembler être une éternité, mais quand il s'agissait d'être nu avec Rachel, c'était bien trop long.

En reculant légèrement, je fis tomber son jogging et sa culotte sur ses chevilles. Rachel cria quand je plongeai ma main entre ses cuisses et la trouvai chaude et prête, sa chatte humide d'excitation.

J'avais besoin qu'elle soit nue, car j'avais besoin de

la voir. En tirant fort, je jetai son T-shirt de côté. Elle se tint devant moi, mes yeux passaient sur ses seins ronds et la courbe de ses hanches. Elle bougea les jambes, le son subtil de mouille ne faisant qu'amplifier le besoin en moi. Je plongeai mes doigts dans son désir.

En me penchant bas, je passai ma langue autour de son téton, le suçant doucement tandis qu'elle criait. Je n'étais peut-être pas complètement remis, comme Rachel s'en inquiétait, mais je n'eus aucun problème à la soulever pour la poser sur le plan de travail et lui écarter les cuisses. En baissant le regard, la vue de sa chatte rose, gonflée et trempée me ravit.

Son corps trembla quand je déposai quelques baisers à l'intérieur de ses cuisses. Je voulais y aller doucement, mais j'avais trop envie d'elle. J'enfouis mon visage entre ses cuisses, savourant son goût salé et son odeur poivrée qui me recouvrait. Quand j'enfonçai deux doigts en elle et suçai doucement son clitoris, elle jouit en une explosion bruyante et animale.

Elle libéra ma queue de mon jean avant que je ne me sois complètement redressé. Ses jambes s'enroulèrent autour de mes hanches et elle se balança vers l'avant alors que je plongeais dans son centre serré et mouillé. Je jouis presque immédiatement. Je dus me forcer à tenir debout alors que mon front tombait contre le sien.

Elle gloussa.

— C'est vrai, tu as l'air d'aller mieux.

— Comme je t'ai dit, dis-je avec un grognement.

On resta comme ça quelques instants. Je sentais le battement de son cœur et ses seins collés à mon torse. L'émotion s'empara de moi.

— Au cas où tu n'aies pas encore compris, je t'aime.

Rachel resta silencieuse, son souffle superficiel. Je me fichais qu'elle soit prête ou non, j'avais besoin qu'elle sache ce que je ressentais. Après un instant, elle murmura :

— Regarde-moi.

Je levai la tête, et trouvai son regard bleu qui m'attendait, vulnérable et plein d'émotions.

— Je ne peux pas dire que j'avais compris, mais ce que j'ai compris c'est que je t'aime.

J'embrassai ses lèvres, reculant lentement et replongeant en elle. Ce qui avait commencé en un coup rapide, à la recherche d'une explosion, se transforma en un échange lent, sensuel. Je lui faisais l'amour sur le comptoir de la cuisine.

Avec ses jambes enroulées autour de mes hanches pendant que je plongeais en elle, chaque souffle et chaque battement de cœur chantait son nom.

Mon orgasme fut intense, la pression montant en moi comme une vague avant qu'un coup de tonnerre électrique parte de la base de mon dos. Le cri de plaisir de Rachel décolla juste avant le mien, elle cria mon nom d'une voix rauque alors que son sexe se serrait et palpitait sur ma queue, m'arrachant une jouissance.

Après ça, elle me regarda et rit doucement.

— Comment est-ce que j'ai fini nue alors que tu es complètement habillé ?

Je haussai les épaules.

— Je n'avais pas le temps, je crois.

Après qu'on se fut démêlés, elle enfila ses vêtements et me rejoignit sur le canapé, pour manger de la soupe et du pain frais. Je m'endormis plus tard, son corps chaud contre le mien, en me disant que j'étais l'homme le plus chanceux du monde.

# Chapitre Trente-Quatre

# RACHEL

En passant la porte du Firehouse Café, je découvris qu'il y avait du monde. Même si l'air du matin était encore frais, les touristes commençaient à s'emparer des petites villes d'Alaska. C'était techniquement encore le printemps, l'été n'était pas encore là, mais, et alors ? Une fois que la neige libérait les routes, les visiteurs du reste du pays envahissaient nos autoroutes habituellement vides.

Étant donné que Willow Brook était proche d'Anchorage et d'une belle côte, c'était souvent l'une des premières attractions touristiques. Je me plaçai au bout de la file d'attente qui menait vers le comptoir, et j'observai la pièce. Il y avait quelques visages familiers dans la foule, mais le ratio avait changé.

J'étais là pour récupérer des cafés pour le bureau pendant la pause déjeuner et j'avais également une liste de sandwichs à acheter. Janet croisa mon regard depuis le comptoir et me fit un clin d'œil. Son attention migra rapidement alors qu'elle tendait un café à un client et l'encaissait.

— Salut, dit une voix derrière moi.

En me retournant, je vis Maisie qui écartait ses boucles de ses yeux.

— Salut ! Pause déjeuner ? demandai-je.

— Je viens chercher à manger pour moi et Rex. Il a oublié d'amener le déjeuner que Georgie lui a préparé ce matin, donc il m'a appelée avant que j'arrive à la caserne. Em travaille toute la journée, car c'est une journée d'insertion à l'école, donc on la forme à répondre aux appels d'urgence. Avec Rex en soutien, je pense qu'elle peut gérer.

La cloche au-dessus de la porte sonna à nouveau. Quand je jetai un œil, mon pouls s'accéléra un peu quand je vis Remy entrer. Au moment où ses yeux se posèrent sur moi, mon cœur fit une petite danse de la joie, et une chaleur s'empara de mon centre, irradiant tout mon corps.

Maisie regarda derrière elle avec un grand sourire sur le visage.

— Salut Remy, tu viens chercher du café pour les gars ?

Il sourit, hochant la tête en s'avançant vers moi. En se penchant, il posa ses lèvres sur les miennes puis enroula son bras autour de ma taille, me tirant vers lui. Ça faisait un mois qu'il s'était remis de sa pneumonie, mais j'avais quasiment emménagé avec lui à ce stade.

Il avait insisté pour m'aider à déménager mes vêtements et tout ce que je voulais de ma cuisine le weekend dernier, en disant que c'était idiot que je fasse des allers-retours chez moi tous les jours.

— Salut, dis-je en levant les yeux vers son regard intense.

Des papillons explosèrent dans mon ventre en voyant la lueur dans ses yeux.

— Salut, répondit-il. Qu'est-ce que tu fais là ?

— Je viens chercher à déjeuner et du café pour tout le monde au bureau.

— Pas besoin de répondre à ma question, se moqua Maisie.

Remy la regarda et sourit.

— Désolé. Oui, je viens chercher du café pour les gars.

— La prochaine fois, appelle-moi, répondit Maisie avec un sourire amusé.

La main de Remy était posée sur mes hanches et il me serra un petit peu. Depuis que j'avais arrêté de combattre mes sentiments pour lui, j'avais appris que Remy était très affectueux. Il était presque possessif, mais ça ne me dérangeait pas du tout. Remy n'était aucunement jaloux ou contrôlant comme ce que Bruce avait prouvé être très tôt, ces choses qui m'avaient tant déstabilisée. Avec Remy, c'était simplement une recherche de plonger dans l'intimité qui nous unissait.

Il plongea la tête à nouveau, embrassa ma joue puis le coin de ma bouche. Bon sang, ses baisers en coin me faisaient fondre. Je me fichais qu'on soit au milieu du Firehouse, entourés de gens et de l'une de mes meilleures amies. Plus rien ne comptait quand j'étais avec Remy.

Le rire de Maisie me sortit de ma transe.

— Hé, la queue avance. Vous ralentissez tout le monde, là.

En regardant devant nous, je vis qu'il y avait un trou entre Remy et moi et le reste des clients, et une série de nouveaux clients s'étaient alignés derrière nous. Mes joues étaient chaudes, mais je haussai les épaules et avançai alors que Maisie nous suivait.

— Vous êtes ridicules, lança-t-elle avec un sourire amusé.

Remy ne prit même pas la peine de répondre, mais Janet répondit quand on arriva au niveau du comptoir.

— Pas pires que toi et Beck, dit-elle en levant les yeux au ciel.

Maisie ne rougit même pas.

— On n'est plus si pires maintenant qu'on a des enfants, c'est plus du tout aussi romantique.

— Genre. Cet homme est incapable d'arrêter de te toucher, même à la caserne, dit Remy avec un gloussement.

On prit nos cafés et nos sandwichs, et Maisie repartit rapidement vers la caserne, alors que Remy me raccompagnait jusqu'à ma voiture. Il porta le sac de sandwichs d'une main et son plateau de café par-dessus. Il réussit quand même à ouvrir ma porte pour moi.

Une fois que j'eus attaché ma ceinture, il se pencha pour m'embrasser, plongeant sa langue dans ma bouche. En l'espace de quelques secondes, notre baiser s'enflamma, et j'oubliai où nous étions jusqu'à ce que le son d'une porte de voiture qui claquait ne me fasse revenir à la réalité.

Embrasser Remy était comme plonger dans un feu, tout autour de moi disparaissait dans la chaleur des flammes. Je continuais de me dire que ça finirait par s'estomper. Un jour, peut-être. Mais pour l'instant, je voyais que ça ne faisait qu'empirer.

— Ce soir, murmura-t-il comme une promesse.

# ÉPILOGUE

## Rachel

*Six mois plus tard*

— Henry ! criai-je alors qu'il partait soudain en courant.

Nous étions sur mon chemin de course préféré, pour un jogging de fin d'après-midi. L'air était frais maintenant que l'été était terminé et que l'automne prenait le dessus.

L'automne en Alaska était bref : une explosion de couleurs à vos pieds, et un bref éclat de couleur traversant le ciel avant quand la neige ne s'empare du paysage. Du jaune et de l'or emplirent ma vision périphérique alors que je transformais ma course en un sprint. Ces temps-ci, Henry était bien plus discipliné et restait avec moi quand on courait sur la piste, mais il avait tout de même ses moments de rechute.

En prenant un tournant sur la piste, mon pied glissa sur une feuille mouillée qui cachait le terrain boueux. Je tombai dans les feuilles, soulagée de ne pas me heurter à quelque chose de dur. En regardant devant moi, je vis Remy qui se tenait là alors qu'Henry faisait des cercles autour de lui.

— Tu aurais pu me dire que tu venais nous rejoindre, lançai-je.

Remy leva les yeux et me coupa le souffle. Bon Dieu. Il était bien trop beau et sexy. L'inquiétude s'empara de son visage tandis qu'il courait vers moi. Lorsque les rayons du soleil traversèrent les arbres pendant qu'il plongeait vers l'horizon, une lumière dorée brilla à travers ses cheveux, jetant une ombre sur ses traits.

Il bougeait avec une grâce facile, ses bras se balançant et ses épaules mises en valeur par son T-shirt. Il arriva à mon niveau et s'agenouilla à côté de moi.

— Je n'avais pas réalisé que tu étais si près. Ça va ?

— Ça va, juste un peu de boue.

— Juste un peu de boue ? demanda-t-il avec un sourire qui traversa tout son visage.

Les sourires de Remy ne manquaient jamais de réveiller les papillons qui vivaient désormais dans mon ventre. Il tendit la main. Je lui tendis une main sale en retour, le prévenant :

— Tu vas finir couvert de boue.

— C'est pas grave, ma belle, répondit-il en me tirant vers le haut.

Il me tira directement dans ses bras, lâchant ma main pour aller attraper mes fesses.

— Je crois que je vois un peu de boue sur ce joli cul, murmura-t-il juste avant de m'embrasser.

Nous étions là, au milieu d'un bois, mon dos couvert de boue, et Remy qui m'embrassait, me donnant l'impression d'être la femme la plus sexy du monde.

Il me faisait toujours ça. Il suffisait d'un regard, d'une caresse ou d'un baiser.

À.

Chaque.

Fois.

Quand il recula, j'étais presque incapable de tenir debout, un feu coulait dans mes veines et faisait trembler mes genoux.

— Je suis juste venu voir si tu voulais diner avec moi ce soir.

— Tu as marché deux kilomètres sur cette piste pour voir si je voulais diner avec toi ce soir ? demandai-je avec un rire.

Il acquiesça.

— Bien sûr, ma belle. J'ai vu ta voiture. Je savais que vous alliez courir tous les deux cet après-midi, et je n'avais pas envie d'attendre de te voir.

— Tu veux dire aller diner au resto ?

À son hochement de tête, je souris.

— Bien sûr. Mais il faut que je me douche avant.

— Je vais me joindre à toi pour ça, murmura-t-elle en réponse.

Le son rauque de son accent ne cessait de faire battre mon cœur.

Il me suivit jusqu'à la maison. Sa maison était devenue la maison. Dernièrement, il avait annoncé qu'il fallait que j'arrête de l'appeler sa maison, et que je commence à dire notre maison.

Remy me tira dans la douche avec lui quand on arriva chez nous. Je ne pouvais pas dire que j'avais souvent pensé à ça avant, parce que je n'avais jamais rencontré un homme qui me faisait ressentir ce que je ressentais pour Remy, mais j'avais toujours envie de lui.

Alors que l'eau coulait sur nous, je me retrouvai tenue dans ses bras, le carrelage frais de la douche contre mon dos alors qu'il plongeait en moi, me remplissant d'un seul coup de hanches. Après qu'il m'eut fait jouir et m'eut satisfaite d'un orgasme explosif, je le regardai se sécher après la douche, savourant son corps musclé et les lignes définies de ses muscles. Même si mon corps vibrait encore du plaisir qu'il venait de me donner, je mourais déjà d'envie de le toucher à nouveau. En levant la tête, il me fit un clin d'œil.

— Je crois qu'on devrait diner ici, dis-je.

Il attacha sa serviette autour de sa taille, le regard réfléchi.

— D'accord.

Je ne savais pas pourquoi, mais je sentais qu'il se passait quelque chose sous la surface. On était tombés dans une routine confortable ensemble. Toutes mes inquiétudes après ce qu'il s'était passé avec Bruce avaient disparu avec Remy.

En parlant de Bruce, il avait quitté Willow Brook sans même qu'on le remarque. Rex m'en avait prévenue. Même maintenant, je n'arrivais pas à décrire la joie et le soulagement que je ressentais en sachant que je m'étais vraiment libérée de l'emprise qu'il avait sur moi. Le poids de la peur que je portais avait disparu.

Avec Remy, tout était différent. Être avec lui était simple. Je me reposais toujours sur sa force. Mais la douceur qu'il portait sous sa force était ce qui faisait de lui un vrai homme. Je savourais sa possessivité simplement parce que je savais qu'elle n'était pas malsaine. Il était simplement fait pour moi.


## REMY

Je voulais que ce soit un évènement, un moment spécial. Mais quand Rachel annonça qu'elle voulait manger à la maison, je ne pus dire non. Je ne pouvais rien lui refuser dans tous les cas.

Encore moins quand elle était nue après une douche, sa peau rosie par la chaleur de l'eau. Et sans doute pas avec la sensation encore fraiche de sa chatte lisse qui palpitait sur ma queue, quelques minutes plus tôt.

Donc, au lieu de faire ça avec du vin et des bougies, je lui fis ma demande en mariage dans notre cuisine, alors qu'Henry ronflait allongé sur le sol au milieu de la pièce.

— Quoi ? demanda-t-elle en écarquillant les yeux.

— J'espère que tu veux bien m'épouser, répétai-je. Quand tu seras prête.

Je m'arrêtai de parler un instant, m'éclaircissant la gorge de l'émotion qui la serrait.

— Je sais, peut-être...

Une larme coula sur sa joue et elle se leva du tabouret sur lequel elle était assise, pour se dépêcher de faire le tour du comptoir et jeter ses bras autour de moi. Je la tins dans mes bras, sentant son cœur battre contre le mien. En reculant, elle prit mes joues entre ses mains et déposa des baisers partout sur mon visage.

— Tu n'as pas répondu, dis-je.

— Oui. Bien sûr que oui, dit-elle en restant parfaitement immobile devant moi. Je n'ai jamais eu aucun doute sur la réponse.

Une autre larme coula sur sa joue et je levai le pouce pour l'effacer.

— Pourquoi tu pleures ? demandai-je, alors que l'inquiétude me serrait la poitrine.

— C'est des larmes de joie, répondit-elle avec un sourire.

— Des larmes de joie ? J'aime pas te voir pleurer.

Elle leva les yeux au ciel, se penchant en avant pour

m'embrasser. Quand elle recula, ses lèvres étaient à un millimètre des miennes.

— Je sais. Je te promets que ce sont de bonnes larmes. Ton timing est parfait.

— Ah bon ? Je voulais t'emmener diner à Anchorage, mais je n'ai pas su dire non quand tu as dit que tu voulais diner ici.

Un grand sourire s'étendit sur son visage.

— C'est une bonne chose que je ne sois pas capable de te dire non, non plus.

— Pourquoi mon timing est parfait ?

— Parce que je suis tombée dans la boue aujourd'hui et que tu m'as aidée à me relever. Comme au printemps dernier.

— Je t'aiderai toujours à te relever.

— Je sais.

Puis elle s'avança entre mes genoux et enroula ses bras autour de mon cou. Chaque baiser me rappela encore et encore pourquoi être amoureux d'elle valait tous les risques.

Inscrivez à ma newsletter ! Ça fait quelques années qu'Amelia et Cade se sont retrouvés dans Brûle Pour Moi, livre 1 dans Au Cœur des Flammes Série. Profitez de cette tranche de vie, tirée de leur avenir.

Cette scène n'est disponible que pour les abonnés à la newsletter. Cliquez sur le lien ci-dessous.

Brûle Pour Moi - Scène Bonus

Ou inscrivez-vous à ma newsletter directement ici : https://jh-croix.ck.page/45405038d4

À suivre dans la Saga Au Cœur des Flammes : *Cette Nuit Enneigée*. Alex et Delilah se sont rencontrés il y a de nombreuses années en camp de vacances. Quand le destin les rassemble sur une autoroute enneigée, ils trouvent une seconde chance. C'est de la magie de vacances pleine d'émotions et de chaleur brûlante. Ne manquez pas l'histoire d'Alex !

1-click: *Cette Nuit Enneigée*

# À PROPOS DE L'AUTEUR

J.H. Croix est une auteur sur la liste des meilleures ventes USA Today, elle vit dans le Maine avec son mari et leurs deux chiens gâtés. Croix écrit des romances contemporaines à couper le souffle avec des femmes fortes et des hommes alphas qui n'ont pas peur de montrer leurs émotions. Son amour des petites villes et des personnages qui y vivent habite sa prose. Baladez-vous dans les folles romances de ses bestsellers!

jhcroixauthor.com
jhcroix@jhcroix.com